U0633346

仲夏

*Midsummer
Salon*

发廊

二十世纪末的
小镇风情录

张秋寒 著

Zhang Qiuhan
Works

南方出版传媒
花城出版社
中国·广州

图书在版编目（ＣＩＰ）数据

仲夏发廊：二十世纪末的小镇风情录 / 张秋寒著
. -- 广州：花城出版社，2020.1
ISBN 978-7-5360-8855-9

Ⅰ. ①仲… Ⅱ. ①张… Ⅲ. ①长篇小说－中国－当代
Ⅳ. ①I247.5

中国版本图书馆CIP数据核字(2019)第237326号

出 版 人：肖延兵
责任编辑：陈诗泳
技术编辑：凌春梅
装帧设计：张年乔
封面绘图：鲤清鹤白

书　　名	仲夏发廊：二十世纪末的小镇风情录	
	ZHONGXIA FALANG：ERSHISHIJIMO DE XIAOZHEN FENGQINGLU	
出版发行	花城出版社	
	（广州市环市东路水荫路11号）	
经　　销	全国新华书店	
印　　刷	佛山市迎高彩印有限公司	
	（佛山市顺德区陈村镇广隆工业区兴业七路9号）	
开　　本	880 毫米×1230 毫米　32 开	
印　　张	9.25　1 插页	
字　　数	215,000 字	
版　　次	2020 年 1 月第 1 版　2020 年 1 月第 1 次印刷	
定　　价	49.80 元	

如发现印装质量问题，请直接与印刷厂联系调换。
购书热线：020－37604658　37602954
花城出版社网站：http://www.fcph.com.cn

·自序·
一　场

　　对于我来说，远一点的记忆比起昨天，好像更加清晰。

　　也许，有自己在场的往事，大家都津津乐道，久而久之便成了老生常谈，记不住也记住了。也许，岁月一长，旧时光就成了古董，价值不菲，造型也美，自然而然受到优待和珍视。也许，无论到了哪一朝哪一代，总有一小撮人有复古的心思，这心思在不经意间还容易传染，听到旁人说当年，一个个就都恨不得从头来过。

　　九十年代，说起来好像并不远。等到前缀加上二十世纪，才让人恍然大悟，原来已经隶属于两个不同的百年。像是涉水时没有看清倒影，险些踩空失足，回过神来见碧绿的流水汩汩远去，山岚寂静，空谷无人，唯有站在一帧断层上的自己，难免怅然若失。

　　华丽的日影，真的已移去多时。

九十年代的我是个孩子。作为孩子，记得最清楚的是九十年代的夏天。

爽身粉、花露水、樟脑丸、艾草、盘香、菖蒲、莲子，各是各的香气。混合在一起，声势浩大，暗流汹涌。这里面还有一味流言，裹挟着女人们身体发肤的脂粉幽香飘散在日光明亮的午时风里。于是，那些故事说着说着就衍变成了传奇。传奇中的人物，他们的坐姿、眼神、讲话的语调，都有着非比寻常的规格。

它们成了这本书的素材或佐料。

把素材精挑细选，分门别类，却万变不离其宗。因为大家关心的话题永远只有两样：一个是钱，另一个是情。坊间的谈资里，它们的地位岿然不动。

钱是物质，情是精神，若能两全，可算美满。只是二者常常不可兼得，就一并化身为凡人的信仰——孤独的书生在破旧的草庐里低声吟念："书中自有黄金屋，书中自有颜如玉。"

九十年代的钱和今天的钱一样讨人喜欢。九十年代的爱情比之今天却举步维艰。我们今天可以直言不讳的东西在那时候被守口如瓶，因为彼时的人有更丰富的羞耻之心。宛如初初绽开的花瓣，更容易被手指揉出伤痕，索性都含苞待放。大家在隐晦的气氛中小心翼翼地处理着私事，希望自己的面目尽可能地和大众一样，而不是像今天的人总是蠢蠢欲动，唯恐不鹤立鸡群。

敝帚自珍的爱情也是这样。明明有额外的念头，却又要符合框架。旧俗未免，新约未缔，他们承前启后，成了继往开来的一代，却只沾染了中和之后最微不足道的灰调色彩。于是，依旧是模糊的，绰约的，内敛的，需要细细分辨的。

仿佛葱茏蕆蕤的植物，有花有朵，有茎有叶，有的朝阳，有的面阴，聚拢在一起，百态横生。我写它们的色泽、香气、触感。或写一个点、一条线、一个面。希望错落在一起是浑然天成的样子，像是我们无法规划或预设的生活本身。

一场。这是个很美的量词。一场电影，一场焰火，一场游戏，一场梦。都是有始有终有因有果的事物。这里也有一种循环往复的意思，带着轮回与泗渡。

这本书，写的是一场仲夏。很短，只是夏天的第二个月。

这本书，写的是一场人生。很长，从为初生婴儿落胎发，一直到为死者入殓。

飘忽的天年与徘徊的耽恋，这是我们的轨迹。希望彼此好走，并风雨无阻，纵然夜路漫漫，却抬头见月。

目录

○

楔子

| 四月廿四　多云转晴 |

入了夏，白日的天时更长了。

有人扛着一袋米从他门前过，问道："阿夏，几点钟啦？"

"马上六点半唻！"仲夏瞄了一眼墙上的挂钟说。

先前那会儿，店里没客人，他端了一盆温水坐在店门前用皂粉刷洗梳子。大的，小的，圆的，扁的，疏的，密的……各种各样的梳子。细小的泡沫在齿缝间轻轻形成又轻轻爆破。那声音也像钟表的滴答。

"哦哟，昏了头了，我赶紧家去烧饭了。"

里头的牌局不一会也散了，看宋家老太的神色，今天估计又是好手气。她是明年就要做八十大寿的人，还穿着浅口高跟，衣服的腰身也仍然收得极窄。

仲夏招呼了一声："宋老太走啦。"

"走了。"宋家老太又转回去朝里头喊了一声，"阿夏妈，明个艳丹就是不来你也不要喊吴桂芬哦，我不欢喜跟她打。"她总说吴桂芬牌品不硬正。

晏伯母和曹艳丹没等她，兀自走了出去，嘴里唧唧地说着话，隐约是："她还说别人呢！"

阿夏妈收拾了牌桌走出来，到院子里洗了一把手，说："你放心，明天只管来。"

宋家老太欢欢喜喜地走了。

阿夏妈拿围裙抽了抽腿，自言自语："不得了了，这个才几月里啊，蚊子要把人咬死了。桑枝啊，你上楼到我房里，把五斗橱里个花露水拿下来。"

桑枝本来在择菜，听见吩咐就拍了拍手上的泥上楼去了。阿夏妈却又喊："算了算了，拿上拿下的！回头再去买一瓶丢在楼下用。"

黄昏的天色暗了下来，斜阳落在墙头上的日影越来越少。巷子里有人家把洗菜水泼到了路上，溅了路人一身，因此吵了起来。仲夏瞄了一眼，是磨剪子的邬老爹。阿夏妈把炉子上烧开的一壶水冲到茶瓶里，说："怪不得这么大嗓子。"

声音渐渐地小了，仲夏再瞄一眼，向晚的路上湿漉漉的水，余晖照着，波光粼粼的。

桑枝在厨房里烧草鱼汤，朝外叫了一声："姨娘，没得味精了。"

阿夏妈说:"我来看着锅,你去买吧。就到晏伯母店里买,她桌上还差我十几块呢!"

桑枝说:"能吗?不好吧?她一般都在屋里,全是她媳妇看门面。"

仲夏兀自拿了几块碎钱给桑枝,说:"是不好, ·码归一码,桌上的是桌上的。这样腻腻糊糊回头算不清。"

桑枝走远了。

"嗯!你还指望她给我么?跟她打牌别想算得清。"阿夏妈又说,"你给她那么多?小袋子包装的拢共块把钱。"

桑枝是阿夏妈的外甥女,仲夏二姨娘郁凤琴的女儿。凤琴离婚了,前面的男人也不管事,她就把姑娘送到妹妹这里来,在仲夏的发廊里帮帮忙。其实发廊里也实在没什么事,家里不过多添一碗闲人饭罢了。桑枝帮他们扫扫地,洗洗衣服,做做饭。闲来无事,她只是穿一件无袖的碎花马褂和一条阴丹士林蓝的七分裤,坐在内院里望着头顶上的一片天出神。一会儿说变天了,要下雨了;一会儿说怕是要起风了。不知道是对自己说的,还是对别人说的,像个气象观察员。

宋家老太在牌桌上问过阿夏妈:"撂在你这块算什么话啊?"

"姊妹之间,跑跑热闹点吧。"阿夏妈不喜欢当着外人的面说家里的事。她都清楚,只是不说,摆在肚里。

"你二姐是在良沟啊?"晏伯母插嘴问。

"嗯。"

"我听说她又找了一个呢?"宋家老太一面摸牌,一面斜觑了阿夏妈一眼。

"你听哪个说的啊?"阿夏妈问。

"家林说的啊。"家林是宋家老太的小儿子,副镇长。县里刚刚开完会,过不了几天大约就要扶正了。

"我姐姐这个人夹生,她有事一般不跟我说。"阿夏妈这样说。

"怕姑娘在她那块,碍她的事啊?"宋家老太意味深长地补充道。

好在桑枝并不是个讨嫌的孩子,总的来说,阿夏妈还算喜欢她。她就是太安静了些,也不大叫人。桑枝最大的爱好就是听半导体。那里头有不少香港台湾的流行歌,又是什么什么"天王",又是什么什么"小虎",女孩子听了最来劲的,她倒听得少。反而欢喜折子戏和秧歌。有时候店里的顾客问她:"桑枝啊,你会唱么?"她若不高兴是不大搭别人的腔的,若是欢喜,也能哼上两句——染红片片雪,春来草青青,在儿的手腕上面咬牙痕……唱着唱着,还学起剧中凤英回过头来在怀中小儿腕上一咬的那个做派:微微一低头。

阿夏妈在里头打牌,听见了就朝她喊道:"桑枝啊,嗨咕七大唱的做什么呢?"意思是:炉子上的水烧开了没,露台上的衣服收了没,花浇了没,缸里的鱼喂了没。

桑枝悻悻地走开了。

阿夏妈也不是刻薄的人。她这里若宽裕,留个把人是没什么的。实在是他们娘儿俩也是靠天吃饭的人。仲夏一天进账多少是没数的。现在是夏里,大家剃头都还勤快。寒天里生意冷清了,能一天没个人。阿夏妈牌场上的进项只有个"水子钱"——也就是各家凑的"场位费"

是实打实的。其余的是不作数的，都是看运气，兴起来能赢个百十块钱，点儿背，连着十天每天狠输也是常有的事，连大家打发的"水子"都能搲进去。

她又没了男人，确实是不容易的。

为"男人"这话，宋家老太也问过她："你二姐都能再找了，你怎么还守在这块？你比她小四五岁呢。"

"我和她不一样。"她的意思是，凤琴是和男人离了婚，再找一个也是合情合法。她不同。仲长生是自己跑出去的。现在不知死活。死了的话，不知埋在哪；活着的话，不知道是不是还和先前的女人搭着，还回不回来。一切都是未知数。再退一步讲，仲长生家里还有他的叔伯弟兄，妯娌子侄那样多多，她太大意就要落了人家的口舌。

"你就是心善。"艳丹说。

"阿夏的大爷在县里的沿河路上有整整十间大门面。就这个样子，也没说来帮衬你们一把呗。那你干吗又要给他们关照着脸面。"晏伯母也说。

"要他们接济什么。我和阿夏是手不能提还是肩不能挑？干吗吃他们的白大二？"

嘴上这么说不过想落一个贤德的名儿，阿夏妈心里多的是苦水。

有时候，夜半心悸，"笃笃笃笃"敲木鱼似的醒过来。房子里黑漆漆的，帐子外头有一两只蚊子嗡嗡地飞着。一盘蚊香已经烧尽，铁皮盘托子里攒着零乱的灰，被一线稀薄的月光幽幽地照着，如同研磨成粉的心事。

她下床来倒口茶喝，却看到了玻璃台板底下压着昔年的照片。是仲夏周岁的时候拍的，她穿一件圆领的衬衫，底下是大芍药花纹样的摆裙。仲夏穿着一条他外婆手绣的祥云肚兜，手脚上都戴着银镯。她抱着他。仲长生站在他们后面，手里拿着拨浪鼓。

仲长生年轻的时候还是很俊的，山眉水眼是一笔一画地按着美男子的秩序长出来的。他的小调也唱得好。所以，每每桑枝拿着半导体在那儿听，阿夏妈总不大待见。长生长得好，所以让人意乱；长生唱得好，所以让人情迷。只是为他意乱情迷的不止她郁凤珠一个罢了。

阿夏妈不能想这些，越想心跳得越厉害。她握紧拳头打夯似的钉了钉心窝子，又上了床。

也只不过是躺着罢了。蒲扇再摇两下就又要到五更天了。

天明时，仲夏和桑枝先后端着牙缸子蹲在内院天井边刷牙。桑枝进厨房煮了一口绿豆粥，两人在廊檐下呼呼啦啦地吃了。桑枝又给阿夏妈端上来一碗。阿夏妈是一家之主，日上三竿还赖床睡大头觉不好看，便也起来了，就着瓷碗里剩的一点宝塔菜吃了。

她听见前头仲夏呼啦一下推起店铺卷扇门——这就是新一天开始的声响。

仲夏看到卖花的乔外婆提着篮子开始走街串巷了，就问："外婆，都有花啦？"

"嗯呐！今年子开得早，恐怕是天时太热的缘故。你拿两串给你妈妈还有你妹妹戴啊？"乔外婆把篮子举过来，里头是线穿的栀子，不及往年的大，但是香气尤胜往年。

仲夏买了两串，问："白兰有了没？"

"白兰要再过一过呢，有点儿小朵子了，再长长。"乔外婆说着走远了。脚踝上的一串金铃冷冷作响。旁人听见了，要买花，自然开门唤她。

仲夏拿白瓷碗盛了些清水养着花。阿夏妈又怪道："干吗花这个钱，裴六姐家里就有。"

"老去人家家里进进出出地掐花不好看。而且她的花没有外婆的香。"

仲夏拿了一朵给她。

阿夏妈顺手接过来扣在纽子上，就戴上草帽提着篮子出门买菜去了。

仲夏的脾气在白螺镇上是出了名的好。他的功课本来也是出了名的好。要不是后来父亲跑了，家里没有个顶梁的人，他一定会接着念大学。阿夏妈总说是他们老两口把儿子给毁了。

因为念过书，所以仲夏说话做事待人接物总是有礼有节，不像街上那些四处溜达的年轻人。晏伯母总说："阿夏要是认给我做干儿子才好呢。小网子远远地喊我一声'干妈妈'，我吓得要离他八丈远。他小时候我就跟赵大洋说了——小网子，将来要是好，比人家十倍的好；要是坏，也是比人家十倍的坏。怎么样？上了我的话了吧？"仲夏听说小网子又被派出所带走了。

女人们尤其喜欢仲夏。因为他长得像他父亲一样好，甚至青出于蓝而胜于蓝，比他父亲的模样还要好。仲长生是一笔一画的俊，俊得略有些刻板，刻板了就显得乡气。仲夏不，他的眼睛、鼻子、嘴巴、脸型、耳轮廓，单看都只是那么回事，可是拼到一起真是怎么看怎么讨喜，是浑然天成的味道。仲夏说话温柔，心也细，更是做得一手漂亮的头发。他每次去苏城进货总是能及时地带回外面的时髦。白螺镇上若是没有人烫那个发式也罢了，若有，哪怕只有一个，就个个都烫了起来。

那是仲夏出成果的时候，也是阿夏妈最欢喜的时候。

可是阿夏妈从来不要仲夏给她弄头发，她一个鬏窝了一辈子，是寂寞的本分。她不敢叫仲夏给她弄头发。他长得这么像他老子，手巧得这么像他老子，她不能烫一次哭一次啊，索性就不做了。

她还是洗她的菜，做她的饭，打她的麻将。

桑枝也不叫仲夏给她弄头发。一年四季都是齐整整的一根麻花辫。

一来，她欢喜麻花辫，麻花辫显得精神。二来，那弄头发的药水不是钱么？那烫头的大灯罩子不费电么？阿夏妈不嘀咕还好，嘀咕起来不是一车的话么？三来，她这头发，养长了就剪，等到巷子里有人喊"收旧电视机，剪长辫子"的时候，她还能拿去换一笔钱。她自然也不会攒作私房钱，还是充公，交给阿夏妈贴补家用。

这些是桑枝的心里话，她自然不会对外人解释。就像在晏伯母的杂货铺里，她儿媳妇碧桃问她："桑枝，你怎么不叫你哥哥给你烫个头啊？"

"店里都要忙死了喂。"她一句带过。

碧桃拿了味精给她，又问："他什么时候再上苏城去？"

"不晓得，恐怕要让一让再去吧。上次进的货还有不少没用呢。"

碧桃生出些失望的表情，百无聊赖地拿鸡毛掸子拂了拂玻璃柜台。这柜台被对街的小子踢球砸碎了一块。碎得整，他们也就没换，拿胶布贴了贴。碧桃的男人之前拿的黄胶布贴的，被碧桃说了一顿，说都看不清里面的货了。碧桃又慢慢地揭了，换上透明胶布。无怪乎晏伯母总说她儿媳妇像个男人。可是再男人的女人也是女人，也有女人的心肠。

"怎么啦，你要跟他们的车去苏城？"桑枝问。仲夏每次进货都是和河婴城里的几个做小买卖的伙伴一起包车去。有人要搭顺风车的就跟他们一道走。

碧桃摇摇头。她想的是，要是她知道仲夏什么时候去进货，那么他回来的当天，她就会坐到他店里去。她天大的事做不成也要尝一回头纲茶的味道——第一个烫那最时兴的发式。她终日守着这间杂货铺，信息渠道实在是太闭塞了。常常是有顾客来了，她才发现人家换了一种新异的发型。问在哪里做的，自然是仲夏的手艺。她早早地打烊准备去烫一个，顺道看看婆婆的牌，却发现满大街都是这么个发型了。

桑枝拿上味精出门了，碧桃叮嘱她："仲夏再去进货的话你知会我一声。"

"知道了。"桑枝嘴上应着，却也未放在心上。一个人淡漠得久了，喜欢她的人自然也就不多了。

到了家，阿夏妈略带些气地问："怎么到这个工夫？汤都要烧干了。"说着麻利地接过味精开了封，像播种一样撒了些进锅，又小心翼翼地把封口套在罐子里一点一点地倒了进去。

"和碧桃说了两句话耽搁了。"桑枝问，"就在锅屋里吃还是端出去？"

"就在屋里吃，外头全是蚊子。"

仲夏探了头进来，说："端出来吧，里头热死了。"便和桑枝搭手把小桌子搬了出来。阿夏妈也只有随他们去。

月亮就在头顶，半圆半不圆的，样子不大好看，可好在够亮，小小的内院就浸泡在了朗朗的月辉中。万物纤毫毕现——那鱼汤里浮着的葱花，那盛鱼汤的青花碗上的萱草纹样，那一颗一颗紧实坚硬的鱼子，那一根一根镰刀似的鱼刺，都是纤毫毕现的。

阿夏妈见仲夏一边吃一边抓痒，说："说过了蚊子多你不相信呢，两只脚跺一跺。"她进屋拿了蒲扇在桌子下面扇着。

仲夏说："你也带自己扇扇啊。"

"我皮老，蚊子啃不动。"是一种泼辣哀伤的腔调。

但仲夏没来得及细想，因为前面有人唤他："阿夏，在家没？剪头哦！"

"来了。"

"吃饭呢啊？耽误你吃饭了！"

"没这话，已经吃好了。"

在仲夏手中剪刀咔嚓咔嚓的声响里也有阿夏妈洗碗时叮叮当当

的声响，还有桑枝的芦树秒笤帚一根一根刮过砖头缝丝丝分明的声响。

剪好了头，用海绵沾着爽身粉掸去脖颈上的碎头发渣子，送客人出门后，月亮已经垂到了巷子的另一头。屋瓦被照耀得像是严阵以待的士兵队伍。再晚一些的时候，前面大路上的狗吠了三两声也归家了，自行车的链条笃答笃答地在月色里徜徉而过，渐行渐远，各家各户噼噼啪啪打蚊子的动静也不再有了。

最后，灯火一盏一盏地灭了，这小镇，这安居一隅的白螺就进了梦乡。

○

青
杏
酒

| 四月廿八　儿童节　晴 |

青杏是前面泡桐树街上左家的媳妇。

她婆婆也常上发廊这里来打牌，青杏给她婆婆捎过东西，仲夏就认得了她。

二十七这天晚上，仲夏一家三口正捧着碗坐在店里，一面看电视，一面吃饭。这时，青杏穿了条白裙子出现在了门口。晚风中，她淡淡地把碎发撩到耳后，微笑着喊："阿夏妈。"又朝桑枝和仲夏笑了笑，点点头。

"哦哟，杏子啊，你来坐啊。吃过啦？"阿夏妈叫桑枝给她端了个凳子，盛碗饭。

"不用了，桑枝不要麻烦了。我吃过了，来请阿夏有个事的。

明天豆荚满一百天，我想带他来剪个胎毛的。"

"不得话唉，你婆婆先那会就打过招呼了。"阿夏妈搁下饭碗。

仲夏想了想说："明天过了晌午来吧，虽然热些个，但是那时候店里没什么生意，人少，不怕把细伢子刮了弄了的。"

青杏笑了笑说："阿夏真是细微人。"

阿夏妈也笑着说："多快啊，豆荚倒满一百天了都。我还觉得你生他像是昨个的事呢。"

"就是这个话呢。细伢子全是愁养不愁长的。其实今个就是正日子，明个已经过了一天了，但是明个是儿童节，他奶奶想起来嚼，说干脆趁个哄，剪了头过第一个节。"

"哈哈，你婆婆玩意头多呢。"阿夏妈说，"那我就不留你吃饭了，家里有个细伢子，啰啰唣唣有一堆事等着你呢。"

青杏点点头，承应着走远了。

青杏走后，阿夏妈忽然自语："左家留不住她。"仲夏问怎么了。阿夏妈说："你看她那个脸色就能看出来。新媳妇的脸色哪有她这么难看的啊。她肚子里有怨气，欢喜也是装出来的，你们学语文的，怎么说的呗——哦，强颜欢笑。"

青杏确实是装的，而且她装得很辛苦。她真的有过一万次想走的念头，但是朝摇篮里的孩子看看也只能忍着。

据阿夏妈说，青杏是左小斌讹来的老婆，河婴城里认得左小斌的人都知道这事。

"她原来在棉纺厂上班，不晓得左小斌怎么认得她的，三天两头地朝厂里冲。一开始是给她买东西，买花啊买发卡买手链什么的，她不收他的。他就冲到她家，跟她妈妈老子套近乎。她家里人倒也不反对。但是儿大不由娘，她好像是在外面有个对象了。这个我也不晓得哦，人家是这么说的。左小斌冲到她家，和他们一桌子吃饭，她一句不搭他的腔，吃完了，碗一推，回房里门一关，任他在外面喊破了喉咙也不开门。"

"这也太莽撞了，哪有这样追求人家的，吓人大怪的。"桑枝插话道。

"就是这个话啊。后来更过了。左小斌听说她外头有对象，又跑到厂里死缠烂打，问他哪点不如她那个人。左小斌的嗓子你们又不是没听见过，狂狂咋咋的。她连个班都上不安稳，厂里的人还怀疑她作风有问题。她求个安稳，只有跟了他算了。"阿夏妈说，"他们结了婚，她婆婆还拽得很呢，说什么'望望我儿子的能为啊，带个这么好的媳妇家来'。什么能为啊？把人逼死的能为！"

仲夏说："她也懦弱了些。要是我，直接辞职到外面打工去。他大海捞针到哪里去找？"

阿夏妈眨了眨眼，说："前头说的全是硬泡，假如还有软磨呢。'我跟着我爸爸在外头苦大钱呢，以后家里钱归你管'。这种话哪个听见了不受用啊？人都是这样罢了！"

"她看着不像贪财的人。"桑枝说。

"看着不像？被逮着的小偷，个个俏脸薄皮的。你看着贼眉鼠眼的反倒是好人。她婆婆来打牌不是说了么，她现在当了一半的家了！"

同是前面泡桐树街上的缪酒鬼的女人走巷子里过去了，仲夏朝他母亲使了个眼色。大家止言，各自做事。

看来闲言闲语青杏一定没少听——这是次日她带着孩子来剪胎毛时，仲夏下的结论。

这一天的青杏也许是因为欢喜，穿了一条红色的麻纱裙子，上面只一件简单的白棉恤。豆荚躺在一辆小竹车里，上头盖着月白色的蕾丝帔子。她婆婆也来打牌的，听见了动静赶忙出来搭了把手。其他的几个也都出来了，对着孩子的貌相神态品评了一阵子。

晏伯母说："你们望望瞧，真正是活像小斌呐。"

艳丹说："大名叫个什么？"

青杏婆婆说："他爹爹见鬼呢，在外头请人起着呢。真要起个异里八怪的名字，我是不准用的。"

阿夏妈说："杏子啊，凉从脚底起，天再热也要跟他穿袜子。孩子不像大人，太大意就受凉了，回头又是咳嗽发热又是跑肚拉稀。"

青杏婆婆说："是这话呢。"

仲夏说："你们去打牌吧。"

青杏婆婆说："不要我抢忙啊？"

"不用，快得很。"

大家又回到牌桌上去了。青杏见桑枝笑着，便说："给你抱抱。"桑枝飞快地摇摇头，额前的刘海簌簌抖动，说："咦……我不敢，没抱过孩子。"

青杏环视了店里一圈，问仲夏要怎么剪。

仲夏让她到沙发上坐下来，叫桑枝到院里拿了一个小板凳，放倒了给她垫脚。青杏的腿曲了起来，把孩子平放在大腿上。仲夏说："稳住他的头，不要让他乱动哦。"青杏照做了。

　　桑枝看着豆荚，说："他听话倒是蛮听话的，也不哭也不闹。"

　　"他不闹。就他老子家来的时候他会闹。"青杏漫不经心地说，"他跟我一条心。"

　　仲夏心里虽然咯噔一下，可手上的剪了还是稳的。碎头发被一绺一绺地剪下来丢到边上的一个杜鹃花搪瓷盆里。盆先前桑枝已经抹过一遍了，没有一点粘头发的潮气。

　　桑枝说："你老家是哪里的？听口音不大像我们这块的。"

　　"远呢，在邱城那片呢。我爹爹就我爸爸一个独生子，我妈妈娘家有姊妹，我舅舅家就在这块。我爹爹不在了以后我爸爸就把我们一家子带过来了，时间也不短了。"

　　青杏是十六岁的时候随着父母举家迁徙到河婴城里的。父亲是瓦匠，母亲跟着他的工队打零工。两口子都是老实人。青杏初中毕业，本来要出去念中专的，她舅舅没准，说这样子等于钱朝水里撂，念也念不出个名堂，就托了关系让她进了棉纺厂上班。左小斌曾经拿来逼问她的"那个人"是青杏十八岁那年认识的。

　　他叫青山。名字上就好像有种缘分，后来就以兄妹相称。青杏那个时候还小，家里人不允许她处对象，这个打着"兄妹"名义的障眼法，也算是她的一桩巧宗。

　　青山是运输队开卡车的司机，棉纺厂有他们一些生意，常常来取货送货。暑天里，太阳简直能把人的皮烤脆了。青山打赤膊穿牛仔裤，裤脚卷到了膝盖，腰间若隐若现一道晒痕。

　　青杏点货的时候，他坐在荫凉里拿一块废纸板子扇着，青杏给他倒了一杯凉白开。

　　本没有什么意思，不过给他解渴，却就是这一杯凉白开给搭上了线。

　　"水里放冰糖了？"青山问她。

　　"没啊。"青杏说。

　　"喝着甜咪咪的。"语意绵延，有青杏微微可以领略的情趣。但她只是岔开："前天下大雨，他们说漫水公路淹得不成样，那么多货怎么过来的？"

　　青山叹了口气："不提了，哪里过得来。临时在岸边雇了几个人帮着卸货，轮渡过来的。你们主任整天火烧眉毛地催催催，我们早些个运过来图个清静。"

　　"他人还好，就是碎米嘴，你们一个耳朵进一个耳朵出就行了。"青杏看他喝干了，问，"还要么，茶壶里还凉着好多呢。"

　　"不喝了，回头上路了找不着厕所。"青山笑着说。

　　青杏见他上了车慢慢地倒出了广场，又想起了什么，撵上去问："你下一趟还是去邱城吧？"

　　"是啊，怎么了？"

　　"路过塘安的话，帮我个忙行么？"

　　"嗯？"

　　"塘安人民路和建国路的十字路口朝东二百米，有个坐北面南的布行，上次回去托人进了一块麻纱，你帮我捎来吧？"

　　"我记性差，你把地址还有布行名字写给我吧。"

　　青杏飞快地跑回车间，没找着纸，只有一张废牛皮纸，她拿胶布把上面印刷的字刺啦一下粘了，写下地址店名又飞快地跑了回来，两根辫子二龙戏珠似的在风里飞着。

青山接过来看了看，说："你字写得不丑嘛。"

青杏说了声多谢，目送他开远了。

过了一周，青山给青杏捎来了料子——榴花一样照眼明的红色麻纱，顺着肌理还镶着不规则的金色丝线。青山问："你拿它做什么的？"

"裙子。"

再过一周，青山来送货时，青杏的裙子已经穿上了身，成了画上走出来的人。青山笑着说："怪不得人家总说拜倒石榴裙啊拜倒石榴裙的，原来总有个出处。"青杏忽拿出一副白棉布的手套递给青山，是作为答谢的礼物："我自己做的。只会做裙子，手套不大会做，你就凑活戴戴吧。"青山有点不知所措，慌忙用双手来接。他的手掌厚实宽大，又因为长久扳动方向盘，所以一手的老茧。青山宽洪的嗓音突然变得细细轻轻的："让你费事了。"

青杏也低下了头。

走廊上的窗帘被长风吹成了鼓胀的船帆，飘飘卷卷，忽明忽暗。青杏的声音连她自己也听不清了："你试试看？"

青山哎了一声，试戴起来，其实有点紧，但他说正好。青杏也就开心地笑了。

青山再来的时候，青杏见他没戴，问怎么了，他过了半晌说舍不得。青杏也就不知道该说什么了，只是笑颜在眉梢眼角逗留了一整天。

会计室的程大姐在食堂里碰见了她，说："杏子谈恋爱了吧？"

"谁说的？"青杏低头扒饭。

"是你们车间的吗？"

"都说了没有！"

可是有没有，她自己心里有数。

她想，爱原来是这么折磨人的一件事。表格会抄错，要被上头骂。家里的衣服也洗不好，忘了漂干净就晾了出去，晒干了，一股皂粉味，还会被父母骂。骑车去上班，在路口差点撞了人家的小孩，又被他家长骂。

她能骂谁呢？骂青山好了。是他害她这样失魂落魄，饭也吃不下，觉也睡不着。

可爱又是这么让人享受的一件事。因为她知道青山也在想她。这种隶属于"想"的电波在空气里寻找着接头的那一端，苍苍茫茫，寻寻觅觅，终究会接上，那就应了古话里所说的"相思"这个词，带着冥冥之中的互动，神也不知鬼也不觉。可这事你知我觉也就够了。不必也没法说与外人听，况且玄秘奥妙的体验是语言再难复述的。

她想着，念着，盼着，望着那点相思能别浮在空气里，能落脚在地面上实打实地站稳了，果真青山就来约她了，请她去吃饭。

青杏说："别浪费这个钱了，就去你家吃吧？"

青山面露难色，说："家里太窝囊了，还是找个馆子吧。"

青杏后来知道了他家里的事，就想：他自然只能编这么个随意的由头来搪塞她了。他怎么好说他妈妈老子都是好那一口的，母亲刚出来，父亲还在所里戒着？

那晚，青杏一进饭馆的门就挑了最里头的位置，且坐在背对着大门的一侧，把头发放了下来遮着后脊梁，生怕遇见熟人。

青山说："你头发放下来好看。"

青杏说："我是在厂里做事的人，拖撕拉挂的不利索，人家也会讲你不正派。"自从在楼梯拐角和厂里的其他工人们一起目睹了蒋丽芳因为个人问题被她男人当着领导的面连扇了十几个嘴巴子以后，青杏就树立了作风的概念。女人要是栽在这个上面，一辈子都翻不了身。人们从来只相信"一失足成千古恨"，而不相信"改过自新""回头是岸"这些话。她有时也想，她和青山这种"地道战"一样的关系会不会也在那个范畴里呢，要是被人揪住了是不是也是话柄呢？

青山想过要正大光明交往的，青杏不同意："我妈说了，二十岁以后才准谈。她说我舅妈的姨侄女就是年纪轻轻不懂事，被人家骗了。"青杏说得含糊，其实她母亲的描述更加可怕："现在好啦，她那个人跑啦！她还恬不知耻地想把孩子生下来！真是的！再不刮就难了！"

青山给她夹了猪肝，问："你怕我骗你？"

"不是。"她当然也是嘴上这么说。心里何尝又不怕？在爱里头，除了想啊，念啊，当然还有怕。怕是这里头的一门必修课，人人都要从这独木桥上挪过来的。怕的就多了。怕他心不诚，怕他有所图，怕他见异思迁，怕他心急等不了她许多年。终究是因为不知他心中所想，不知他口中所说是不是就是他心中所想。她一遍一遍地揣度着，琢磨着，估测着，叠加在一起就是一个"怕"字。

那天晚上，她穿了一件玉色的连衣裙，后腰上有洁白的细腰带。青山自斟自饮了一小瓶酒，朦胧中略有醉意。青杏记得他们起身时，他的手蹭了她的腰一下，又缩了回去，腰带被他的指尖一钩，像琴弦一样弹跳了一下，轻轻回击了她的身段。

路灯昏黄的光晕底下，青山的脸是橘红色的，青杏看得清他的毛孔，就真的像一个橘子。她笑出了声。

"到卿河边走走吧，听说要建桥了。"青山说。

平时都是开车，突然步行起来，青山觉得路真是漫长。青杏略有不快："是不是觉得和我走路没意思？"

"女孩子是不是都喜欢把话反着说？"青山的手抄在裤子口袋里。他穿的是时兴的紧身牛仔裤，手被口袋勒得青筋暴突，很像个玩世不恭的街头小混混，青杏就又多了一层不开心。走过檀香路，青杏遥遥指着远处的一幢还在起着的小洋房说："看，我爸白天就在那里做工。"

青山过了半天说："你不怕我哪一天跑过去告诉他——我现在跟你的姑娘搞对象呢！"

"你又不认得他。"

"我就在工地上喊——谁是虞青杏她爸？我是虞青杏对象。我来找老丈人了！"

青杏搡了他一下："发什么疯。酒喝多了？"

被青杏这一推，青山瞧见了头顶的月亮，剪下的一瓣指甲似的，而且是女人的指甲，那是一种雌性的弧度，被雪花膏打磨得细腻圆润。

青杏顺着他遥望的目光也抬起了头。

她看这月亮是青山的笑眼，是他咧着的一嘴白牙，是他白背心的领口。

月亮何其有幸，千秋万载，永世长存，普照人世。月亮只有一个，可这普世的男女赋予它无数的活法。它为他们表演，偶尔也觉得累，方才穿过新婚的花烛夜，又要照着离人的梳妆台，真是一会儿一变脸。它看着红尘往事翻来覆去多少年，不过是一杯无色无味的水，就像麻将场上打来打去今入明出也就没有了输赢。

所以这是一个没有悲喜的红尘。所谓悲喜，只在人心。而人心却怪罪着月亮罢了。

他们在这月色斜光中慢慢地走到了卿河边上。

这是滋养河婴城的母亲河。传说女娲跪在它边上，刨它滩涂上的淤泥，捏出了城，捏出了人。补天后，女娲消失了，它却永远守护在这里。

明明是夏天，这月亮一正一负地徜徉在天上水里却有一种月冷长河的感觉。青山问她："河边风大，你冷不冷？"

"不冷，还有十多天才交秋呢。"青杏跟在他身后，偶尔会踩到干涸的珠蚌壳，发出尖锐的碎裂声。青山停了下来，站在一块大石头上，指着远处闪耀着月辉的波心，说："大桥就建在那个位置。"

"大概要多久？"

"两三年吧。请的是鹿城的专家和工程队。"

"我们这里的工程队不行么？"

"外来的和尚会念经啊！"

"我不这么觉得。我爸的房子就盖得很好。"

青山笑了笑，白衬衫在风里飘，描摹出身体健硕的轮廓。他说："两三年后，桥建成了，你也满二十了，你家里人会同意么？"

"会啊，满二十就一定会。"

青山又笑了笑，比前一番笑得委屈了些，像是听了一个不大好笑的笑话。他转过身来看着青杏。她逆光的脸像是一团氤氲的暗色水雾，他看不清，所以只有用力地看。但她看得清他，看得清他清炯的眼神。青杏说："干吗这么看人？"

青山不说话，把她揽到怀里。青杏与他尚有半步距离，所以伏在他身上像是一座斜塔。她的心也像摇摇欲坠的宝塔一样颤抖着。她想，她和他两个人就这样猝不及防地走到了这一步？她曾经在心里把原本不可企及的恋爱归纳为很多个步骤——牵手，搂腰，拥抱，等等。他们仅在这一个晚上就已经大步流星地实践了这几种，那么下面是什么呢？是接吻？

青山没有吻她。青杏猜测或许是他在意自己刚刚喝过酒是满嘴的酒气，又或者怕操之过急使她不悦。她潜意识里自然希望他吻她，且觉得这个夜晚因为没有"接吻"这个程序而显得虎头蛇尾。她感到了羞耻，是一种带着怨艾的羞耻。

青杏自然也会胡思乱想，想他是不是就是玩玩，根本不爱她？

　　这对青山来说真是莫大的冤枉。他只是不像别的男人那样巧舌如簧，把甜言蜜语说尽了叫人插不上嘴。他把青杏给他做的手套用香皂洗了一遍晾在绳子上，看着它滴水，滴在砖缝里长出的细草上。干了以后取下来，棉布缩水更小了一圈，紧箍咒一样缠着他的手。

　　他闻它的香味，浑身的毛孔都在这香味中张翕。他用这双手来抚摸自己，抚摸得血液都在激荡。他对她的遐想自然不是爱她的全部证据，可一定是一个重要的成分，缺了这个成分，爱便不会成立。青山没办法把这些丝线一样细而缠绵的幻觉告诉她，却不是不爱她。

　　青山的母亲问他："你交朋友了？"

　　"嗯？"

　　"别装傻。我听你打的什么嗝就晓得你塞的什么糠！带回来给我看看！"

　　"你这个样子能给人看吗？"青山看着蚕卧在床上死蛇烂鳝般双眼迷蒙的母亲，冷冷地说。他母亲操起一只枕头朝他砸过来："你老子不在家你反了天了！再跟我没大没小的，别指望我拿一分钱给你讨老婆！"

　　青杏是在一个没带伞的雨天躲进传达室避雨的时候听门卫说起了这事："嗨呀，你不晓得啦？青山啊！他跟别人都说你是他认的妹妹啊，倒没有跟你说？"

　　青杏连连摇头。

　　"他妈妈老子都是大麻堆里摸爬滚打的人啊！他老子这么还蹲在里头没出来呢。进进出出多少回了！"门卫大爷也连连摇头。

外面下着瓢泼大雨，窗前的路面已经积了两三厘米深的水，天暗沉了下去，像是一张大嘴，打了呵欠，慢慢地阖上了。雨停时，青杏卷起裤脚走出门去，大概是即将交秋的缘故，她打了个冷战。黄昏天色中的远山近水都是脏兮兮的样子，好像一个夏天的汗液把它们糟蹋透了，再大的一场雨都是洗不干净的。

前面的中学放学了，男孩子站在自行车的脚踏上骑着，后面还载着一个女孩子飞驰而过。那女孩子梳着一根马尾，忽然甩过头来笑着看她，辫子在风里飞着。青杏觉得很不是滋味。

青山再来厂里送货时，青杏以身体不适为由请了另一位同事去清点，她自己悄悄地溜到了二楼的拐角，透过窗子朝下看——青山卸货，同事点货，青山递单子给她，同事签字。从头到尾没有提到她虞青杏半个字。青杏真想喊住他，骂他几句出出气，到底忍住了。

长捱短捱捱到了下午四点多，青杏捱不住了，说实在不舒服，就和当值的主任告了假，花三块钱坐了机动三轮到了青山的运输队。那是一排老平房，暂时没活的工友就在房前一棵高大的老榆树底下抽烟打牌。青杏也不过去问，只远远地等着，等青山出现。

有人看见了她，吆喝了一声："嗨，干吗的？"还有人向她吹口哨。青山是听到了这个动静才从里头出来的。他本来是赤膊，见了她，又回屋里拿了衬衫套上："刚才怎么是其他人来点货？"

"谁点货你问谁去！问我干吗？"青杏从没这么和他说过话，拎着袋子的两只手攥得紧紧的，草编的绳子磨得手疼。

"怎么了？"

青杏低下头去不说话，见自己凉鞋里夹了一根草，就用另一脚踩着草梢拔了出来。

青山看着她低垂着的头。她梳的是中分，头顶一道雪白的路子，头发窠里蒸腾出一些洗发露的余香。他真想摸摸她的头。

青杏说："带我去你家玩吧？"

"我妈在家……"

"没事，我就说我是抄水表的。"青杏早就想到了这一招，他话还没说完她就匆匆打断接了口。青杏自己也知道这个貌似冠冕堂皇的理由实则漏洞百出——抄水表的人会在别人家逗留吗？既然不会，那有什么可玩的？怎么称得上是去玩？那不过是"视察"罢了！她为什么要去他家"视察"？可她管不了了，她必须表明自己的态度。

青山回头看了一眼那些正在打牌的弟兄，有几个人正在看着他们。这个公鸡头部队很少有年轻漂亮的女孩子造访，稀客自然引人注目。青山低声说："你是听到了什么？"其实从她今天没有"接见"他开始，到她现在突然出现在这里等候着他，这一系列的反应，他都不难猜出这期间到底发生了什么。

青杏想了想也就不和他兜圈子了："他们说的是真的？"

"嗯。"他想都没想就回答了她，连别人说了什么他都不知道就回答了她，像是铃铛拨一下就响似的，是个含了苦衷的本能。

都不作声了。过了一会，青杏喃喃自语："你还说你没有骗我。"每说一个字就加重了一层哭腔，说到"我"字，两条眼泪已经笔直地淌了下来。青山说："本来想找个合适的机会和你说的。"青杏擦干了眼泪，想了想说："以后别来找我了。"她细想想这话很可笑，他今天没见着她都没有找她，以后更不会找她。

青杏转身走了，青山想拉她的，但是身后多少人在看，他伸不出手。青杏因为他只字未挽留，更加难过，匆匆几步就走远了。青山的哥们儿在后面起哄，一片嘘声，以示"漏油"。

青杏和青山的匆匆一别就让他们的故事暂告一个段落。

桑枝把盆里的胎毛拨了拨，问她："你怎么带回去？"

"豆荚车子下面有个小红绸口袋，你帮我拿一下吧。"青杏说。

"找好师傅了吗？"仲夏问。

"嗯，请了山里的一个师傅，做了很多年毛笔了。"

豆荚打了个呵欠。"我乖乖啊，要睡觉咯。"青杏一面把他抱了起来，一面朝桑枝和仲夏说，"孩子要睡中觉，那我先走了。"

桑枝说："外面日头太毒了，不然就在我房里头睡吧。我那朝阴，凉快。"

青杏想了想，说："那也好。我回家一个人也心焦，我们说说话。"

仲夏这里来了客人，她们两个人就轻手轻脚地上了楼去，青杏抱着孩子，桑枝提着摇车。青杏婆婆听见了动静朝楼道里喊："青杏啊，弄好啦？"青杏回过头来朝她一嘘，意思孩子在睡觉。青杏婆婆不作声了，继续回去打牌。

晏伯母喝了口茶说："杏子真正是好媳妇，什么神都烦得好好的，不要你操一点心。"

青杏婆婆笑了笑，很不以为然地说："那是她的细伢子，她不烦神谁还跟她烦这个神？"

艳丹的孩子是抱来的，因此这话叫她听得很不顺耳，谴道："你知足吧。我要是杏子我才不管。年轻人本来就欢喜玩，你一把岁数的人了，没说老老实实在家哄孙子，倒有工夫在这块砌墙，还反过来把他们年轻人捆得死死的。到底是卖螃蟹出身的——还就会捆呢。"

大家听了，笑成一团。阿夏妈趁中场休息的空当，端了水果来。

牌桌上面是徐徐旋转的吊扇，吊扇再往上是桑枝的房间。婴儿竹车的轱辘在牌客们头顶上轻轻划过。青杏把半睡半醒的豆荚放了进去。

青杏看见桑枝北窗台上有茉莉和文竹各一盆，长势还极好，便轻声夸说："你也真有这个耐心，养得这么好。我前年养过一盆文竹，没到半年就从叶子黄到根了。性子躁的人大概是养不得花的。"

"我也没有怎么刻意地养花，干了洒些水，萎了端出去见见太阳，也没费什么事。好在它们欢喜阴凉，在角落里也守得住。"

青杏听她这话像是有深意。

桑枝端了个竹椅给她，又为她倒了杯凉茶，细声问："小斌又出去了？"

"嗯。这回去得远呢，我落得个清静。"青杏微微啜了一口说。

"在你婆婆面前不能这么说啊。"

青杏苦笑了两下，说："嘴上乖难不成我就是欢喜她？喊她一声妈难不成就是真心的？"

"大面上和气总是好的。你日子顺畅，她心里舒坦，小斌也好做人。"

"我一颗心都在豆荚身上，怎么可能有时间和她大字不识一个的人计较？"

桑枝从床里边拿来蒲扇，慢悠悠地给豆荚扇着。青杏说："我来吧。"

"又不费什么劲。"桑枝摆摆手，又说，"你要是在家心焦得很了，就像这样，带豆荚来玩。左右我在家里也没什么事，大家打打伙伴。"青杏低下头拨弄夹趾拖鞋上的一朵塑料花，说："他不在家，日子还好些，他在家我反不得安生。"

桑枝听青杏的话音，也许是想找个人倾吐倾吐，就半开半合地说："小斌也不丑的。虽不顾家，但男人里头，有几个是顾家的？"

"不瞒你谈，我老是在想，我要是没和他结婚的话，现在我人会在哪。"青杏的声音细得像是屋檐上的残雨滴到了水缸里。

"一样嫁人生细伢子罢了。"桑枝说。桑枝觉得她的话略有些矫情兮兮的。人嘛，要是不满足于眼下的，就去想办法改变，不然就安于现状好了。这样的凭空而叹还是少些为好。可话都是这么说的，真正做起来就会发现处处都碍手碍脚。

"认得小斌之前，我处过一个的。没成。"青杏拂了拂自己的红麻纱裙子说。

"为什么？"

"他太优柔寡断了。没有主心骨。当然我也有问题。"

"知难而退？"

"你怎么知道？"

"小斌把你娶家来，他也没拦着，那肯定是知难而退了？"

"我跟他为了一点他家里的事吵了一架，后来一直就不冷不热的，也不知道是个什么关系。就这么干耗着，人的精力全都耗没了。"

在青山心中，青杏最后那一句"以后别来找我了"就是五指山，把他压在底下，是永世不得翻身的。后来青杏再见他，冲他点个头，或者笑一下，他以为只是礼遇。可青杏是想他能杀个回马枪卷土重来的。她点过他几次，他没开窍，她也没法再点了。换任何一个略有些脸面的女人都是不会再点的。

她不知道青山此前和其他女孩子的几次交往都是因为同样的原因而告终。这个理由因为次数太多在他心里就具有了一票否决的力量，是没有商榷的余地的。他没打算青杏是特例。

青杏虽不信"改过自新""回头是岸"，但她信"出淤泥而不染"。他那个家是他那个家，他这个人是他这个人，拆开来看并不难。可他们那次争吵也不是她无理取闹，她气的是他没有及时和她说这件事。

不过将心比心，家丑外扬这种事谁又做得出来呢？

但要她向他低头也是不可能的，于是就这么耗着。

后来，青杏在街上曾经见过青山和另一个女人一道走，看背影像，但并不确定。过了几日后，青山来送货撞见了她，青杏忍不住问了他这事。

"没有啊。"青山一口否认。实际上，青杏看见他们一道走的那天晚上是他们头一回见，旁人介绍的。青山不想谈到中途却因为家里的情况吹灯，浪费精力，于是那天晚上就开门见山地和对方说了。那人听了，头也不回地就走了。

所以，这一场交往，在他眼里压根没有开始过。

所以，他其实没有陪着青杏在"耗"。他有他的规划，他有他的路径，他也不知道青杏在为他"耗"着。他只晓得过了年他就二十七了，婚事是个心腹大患，每次送东西去所里看父亲时都要听他念叨的。

但"没有啊"这三个字叫青杏心里一阵舒坦，她也没喜形于色。她回头想想也不知道喜从何来。是喜他们还有机会？什么机会？她这一头的父母就能放行了？即便放行，她过了门，两个百战不殆的毒鬼子就等着她呢。她是学着卷香烟，还是学着打注射？

说到这里，青杏好像有些为自己当初的犹豫而感到窘迫。桑枝安慰她："那样的事谁都会害怕的。不是你的错。"

青杏说："别说是他家这种一塌糊涂的情况了，就是后来，别人给我介绍了一个对象，我父母听说他家刚刚从信用社里借了贷款买了房子，也是不同意的，说难道一过门就给他们家还债么。"

"肯定的，老人都这么想，不想我们吃苦。"

"所以小斌——他们肯定是欢喜的。他们不晓得你欢不欢喜这个男人，只晓得你嫁过去衣食无忧，过的是享福的日子。他们就安心了。"关于认识小斌的这段，青杏显然不想多谈，这是一场阴霾的天气，她在乌云底下走着，心里堵得慌。

她当然也挣扎过，在家里撂脸色给家人看，在小斌面前撂脸色给小斌看，甚至在青山面前撂脸色给青山看。

小斌那种西式的"轰轰烈烈"的追求甚嚣尘上，谁都知道了，青山自然也知道。青杏很想他知道，生怕他不知道，还故意散播了一些风声传给他听。他没什么动静，只是来厂里的次数明显少了，换了一个姓郭的老师傅来。

青杏问："青山呢？"

郭师傅说："他家里有事吧。"

青杏托人打听了他家里的事，原来是他母亲又进去了——青山平日里上班没法在家看着她，她不知从哪里搞到了一丁点子货，抽尽了在家犯瘾发疯摔东西，把青山折磨得也不像个人，他一狠心又把她送了进去。

程大姐说："她可怜也可怜，说是想老头子。可是里头男女是分开的，她就抱住青山的大腿，说哪怕离他近一点都是好的。她敲敲墙，他那头也能敲两下回应她。"

青杏就想，在这样的事面前，小斌追求她的事对青山来说应该就不算个事了。可即便如此，青杏还是不甘心，依然给小斌以冷遇。

桑枝听到这里，情节模模糊糊地和阿夏妈的描述卯上了，想来左小斌后来应该知道了青杏外面有个什么朋友才去厂里大闹的。

青杏说："是啊。其实我那个时候很想把他供出来，看他是个什么反应。"

恋爱是有迹可循的。厂里的人估摸青杏或许恋爱着，可青杏瞒得严丝合缝，叫他们前前后后瞧不出端倪，只当是她在外地有个什么人，不曾想到原是近在咫尺的青山。青杏自己也想不通，那三两年里头的一种等待，一种无休止地把事情往好处想的痴心到底是个什么状态。像是海里跳出来的一条鱼，被浪花拍到了沙滩上，它也不挣扎，只等着下一场潮水，若把它卷走它就回海里，若卷不走，它就在此干渴至死。

青杏见青山最后一面是在一个雨夜，初夏的雨水带着海潮的咸腥味。因为大雨，漫水公路又行不通了，青山到厂里的时候已经是将近八点钟的光景。

同事们下班前都劝她："杏子啊，打电话叫他们明早送也是一样的。"

青杏说："回家也没事，再等等吧。"

走廊里的灯熄了，只有出口这里的廊檐底下亮着一盏灯。青杏拿了一张塑料布铺在楼梯上，坐下来望着茫茫的雨帘等着。

下雨的时候，外面的天是灰蓝色的。并不是一开始设定了灰蓝色，而是很多种颜色交杂在一起就成了灰，就像是厂里彩棉车间的废水。其中蓝色的比重更多些。

落叶匍匐在排水口的铁罩子上，积水流不走，渐渐地堵了起来。青杏找了个铁丝去拨了拨，哗哗啦啦地流了一阵子又被叶子堵住了，是治标不治本的意思。

厂门外大路上的路灯亮了，像是青菜汤锅里一颗混沌的鸡蛋黄，晕晕的，看不清楚形状。她站起来走了走，凉鞋跟叩击着大理石地面是清闲寂寞的声调，交响乐结束后的一段清唱一般，在华丽空旷的音乐厅里回荡。

铁栅门拖拖拉拉地响了，青山卡车的车灯扫射了过来，扫到了她的身上又扫了过去。她像是一个无法引起猎手兴趣的低等小兽。

青山下车看到了青杏，点个头就开始搬货，一箱一箱地往库房里送。青杏走过去看了看，总是数到一半又走神忘了先前的数目，只好从头再数。数毕，签了字，青山要走。青杏问："能载我一程吗？"青山先是愣了一下，很快又点点头。

她坐在副驾驶上，青山缓缓掉了车头开出厂子，这给青杏的感觉像是他们要私奔。雨刷来来回回地在眼前晃着，摇着手说——不不，才不是。

车里有一股男人的体味，很不好闻，但她不好说，也能忍受。她低下头，见前面的一格屉子里放着她当初给他做的手套，还是新崭崭的，雪白的。

青杏问："漫水公路又淹了？"

"嗯。再过个把月卿河大桥就要通车了，可算好了。"

"真快。"青杏想了想，说，"一物降一物啊，水上走不了就天上走。"

青山被她这一点，开了窍，问她："那个人是做什么的？"

"啊？"青杏佯装不知。

"你处的那个。"

"你怎么晓得的？"又是一番明知故问。

"听说的。"

"跟他爸在外头做生意。"

"什么时候办？"

"结婚？早着呢，我还要想想呢。"

"还有什么可想的。"

　　青山这话伤着了她。青杏觉得像是被人攮着出了门，尾巴还夹在门里头，说："要想的多了，今个不想，明个想起来懊恨就迟了。"

　　青山飞快地从后视镜里看了她一眼，她那一刻的落寞他得以尽收眼底。她当然落寞，她没指望他还能挽留她，可他不挽留也就算了，居然还攮她。她就这样讨他的嫌？

　　河婴太小，十分钟不到就开到了她家巷口。

　　青山笑了笑说："办酒席请我啊？"

　　"你来吗？"

　　"你请我就来。"

　　两个人打架一样地推卸着责任。推卸从某种意义上来说，正好是反方向的撩拨。最后的撩拨。青杏悄无声息幅度极小地点了点头，下了车去。次日，她答应了左小斌的求婚。再过了一个月，两个人领了证办了酒席。她想请青山的，却到底没有狠得下心。

　　她和左小斌结婚的那天艳阳高照，众人都说是难得的好日子。卿河大桥又通了车，上了桥，车再开半个小时就到了白螺镇上。在车上，青杏一直朝后看，左小斌问："看什么呢？"

　　"没什么，在桥上看那一边觉得挺新鲜的。"说完又补充，"卿河真宽。"

　　实际上，青杏是在找当时和青山饭后散步伫立的那个地方，却怎么也找不着相似的场景。那个时候，青山问她："两三年后，桥建成了，你也满二十了，你家里人会同意么？"

　　她信誓旦旦地回答他："会啊，满二十就一定会。"

话音脆生生地回响在耳边。

原来人就是有天大的本事也不能为未来作保的。世上最不作数的就是"将来""以后""有一天"这些词。它们说破就破了，洗衣水上的泡泡似的。

桑枝见她眉头一耸一耸地，就递了手绢给她。青杏接过来，又略笑了一下，说："我才不会哭呢。"话音刚落，豆荚却哭了，青杏唤着孩子，一脸少见的娇憨："睡够了？"说就撩起纱帔，抱他起来，用手趟了趟尿布，并没湿。

青杏笑着说："估计是在你这里害羞，不好意思尿呢。"桑枝便也笑了。

又说了一会话，太阳往下沉了，走廊上的光渐渐稀薄了，豆荚也待不住了，青杏便起身要走。桑枝说了客气话，要留她吃晚饭，青杏说要回去，桑枝不当家，也就不执意挽留，只还像先前那样帮着把竹车提下楼。

桑枝听见有水的声响，见竹车后头挂了一个竹筒，问青杏是什么。

"哦，都忙忘了，是带给阿夏妈喝的青杏酒。"说着走到了她们打牌那间房的走廊上，站在窗边朝里喊："阿夏妈，我就交给桑枝咯？"

阿夏妈说："真是的，剪个头罢了，你太拘礼了！"

青杏婆婆说："是亲家公酿的，就着点鹅掌鸭胗再好不过了，还不上头！"

青杏同仲夏打了招呼走了。她婆婆突然跑出来叮嘱她："顺便走滕师傅的作坊里买点什锦菜和酱黄瓜带回家，不然晚上吃粥没东西就了。"青杏也未应她，兀自出门了，桑枝送了送她，看着她推着小车慢慢地走进了夕阳的阴翳中。远处无比喧嚣，是镇上的小学搞"六一"节的活动散席了，孩子们风似的跑闹着。

晚间，阿夏妈说要尝尝青杏酒，就叫桑枝烩了三鲜炒饭，又买了半只酱鸭回来。她啜了一口酒，说："浅了些，杏子的味道再浓点就好了。"也让仲夏和桑枝尝了点。

仲夏不会喝酒，说喝不出好丑。

桑枝觉得那是一种辛辣中带着青涩的味道，喝到最后，酒下了肚，舌尖上才回升起一点甜意。似乎就有些像青杏这个人。

她对青杏，谈不上喜欢，也谈不上讨厌，没什么情绪在里头。只微微有些可怜她，可女人对女人的可怜有时也是难得的。她又想自己有什么资格可怜她，或许明日过得尚不如她。

桑枝懒得再去想这些事了，就多饮了两盅。青杏婆婆说这酒没有劲，可她没过一会就醉了，很快也睡着了。

○

秦桑低绿枝

| 四月廿九　阵雨 |

　　桑枝的梦境之中出现最多的是白螺镇的路。

　　那些曲曲折折的长街短巷像镇上的女人们委婉的心肠。铺设长街短巷的石头被千百年来的无数双鞋履打磨得溜光水滑，也像是女人们梳拢齐整的发髻。石缝里生着野草闲花，是衔泥燕嘴里落下的籽，受了潮，生了根，发了芽，一天一天地长起来，如同落脚在白螺的异乡人，时日一长，也忘记了故园在何方。两侧墙根下的水沟里苔藓绿得茸抖抖的。长流水绕着镇子日日夜夜地淌着，这天地人土与饮食男女就都被滋润了一遭。

　　巷子里是一户一户毗屋而居的人家。

　　有的人家是镂花门，望进去，可以看到在院子里搓衣服的大姐，身后是沿着墙根摆放着的盆景。耳坠花，凤仙花，鸡冠花，夏日里都开得很好。里头的人见了生人，看两眼，笑一下，仍低头洗衣裳。有的人家是大铁门，走近了，里头看家的狗会大叫起来，门脚高，两只狗爪子在下面毛茸茸地刨着，主人听见了会呵斥它，狗不叫了，便能听到半导体里唱戏的声音。

桑枝就跟在母亲身后朝前走。

凤琴说："不要不肯喊人。以后我不在这块，姨娘就是你妈。"

很快走到了巷子另一头，通着一条奔大街上的路，再往前是镇上的镜湖。桑枝一抬头，看到了铁皮招牌上写着"仲夏发廊"。

这就到了。

桑枝先是听到了仲夏的声音，朝着里面喊："妈妈，二姨娘来了。"

接着是阿夏妈的声音："都到啦。"

"现在大圩上的路修好了。车子快得很呐。"凤琴说。

"桑枝呢？"阿夏妈问。

"桑枝啊！"凤琴朝门外看了看，见她还站在墙根下，便把她朝里面一拉，顺嘴嘀咕了一句，"不上台盘的东西！"

她第一眼看见的也是仲夏，在镜子里头。仲夏穿着海魂衫，浓黑色的布裤子，因为在家，就赤脚穿了拖鞋，理的是平头，两侧能看到青白色的头皮。阿夏妈说他都是自己给自己剪头发。仲夏一边给客人理发，一边微笑着在镜子里看她："桑枝比小时候瘦多了。小时候脸养得团团的。"

凤琴预备接着这个话头叙旧的,却被阿夏妈打了岔:"他忙着剪头呢,我们到里头说话。"

发廊东北两面是墙,西南两面是门,一面门朝着大路,一面门朝着巷子里。东边一面墙靠里开了一个小门是往内院去的。里头是窄窄的走廊和幽微的天井,方才的那一阵雨把天井里的花草淋得湿漉漉的,被骂了一顿含泪似的。一直走到里面,黑漆漆的,是往二楼的楼梯。大家在楼道口换了拖鞋往楼上走。拖鞋都是阿夏妈手编的草履,轻巧又凉快,泛着绿幽幽的色泽。木楼梯被阿夏妈常年拖洗,漆都剥了皮,像是木头也害了藓。

凤琴和阿夏妈走在前面,一边走一边说话。

"你哪里来这么些时间收拾?"凤琴问。

"你不是问白嘛!我别的没得,时间多得是!"阿夏妈不主动和她姐姐说话,都是凤琴问了,她才答应。

"我没个好家教,桑枝以后要是把你这糟践了怎么弄哦?"凤琴笑呵呵地问。

"糟践了就再收拾呗。她以后找了婆家难道不要学着收拾。"压缩起来就是"她糟践了她收拾"。

后来就进了阿夏妈的卧室说话。桑枝听了半天觉得很乏味,凤琴也看得出她坐不住,就叫她出去到走廊上玩。当然,也有可能是她要和阿夏妈说些私房话。

桑枝在走廊上四处看了看。

一楼南边挨着发廊的是厨房,一直连着东边的大间,很是宽敞。

北边两间是储藏室和阿夏妈打牌的房间。二楼南边和发廊直上直下的是阿夏妈的房间，北边也有两间，靠里边的是仲夏的房间，靠楼梯的空着，估计就是她日后的房间。仲夏房间前面连着阿夏妈这里的一大块是晒台。阿夏妈的特性凤琴也晓得，就是喜欢收拾，隔三岔五要洗被擦席子，这就是给她展示成果的地方，上面晃悠悠地牵着好几根尼龙绳子，风里荡漾着，五线谱一般。

桑枝走到晒台上，蹲下来，可以透过发廊通内的门看到仲夏的两条腿，它们围着坐椅来来回回地转着。仲夏不知怎么觉察到她的，走过来，抬起头，对着上面的桑枝说："先到屋里坐一坐嘛。"

桑枝吓了一跳，猫一样矫捷地站起来，溜走了。

"我之前已经跟他说明了，哪怕我跟姑娘一起死，也不会向你求一口饭吃。现在我再跑回去向他伸手？那我还要不要脸啊。"桑枝隐约听见她母亲在里面这样说，大概免不了又是一番她拿手的声泪俱下吧。

"那你自己马上怎么办？"阿夏妈问。

"乡里有个鱼塘要到期了，我弄过来承包两年吧，还能怎么样呢？"

"哪里来的钱？"

"先赊着吧。我把支部书记家的门槛都踩烂了，嘴皮子也说破了，换人家一点可怜。"

桑枝并不知道她母亲要承包鱼塘的事，心想：姓杨的居然给了她钱来承包鱼塘？她居然没拿这个钱去赌？她那个可真是赌，和她比起来，阿夏妈牌桌上的这种小打小闹要文雅得多了。桑枝不知道姓杨的还有哪些花招是她不知道的。好在以后山高皇帝远，她也不用看他们的那些污烂事了。

她又听到阿夏妈用钥匙开橱门的声音。

不一会凤琴说："不要，我不要。哎呀，我真不要。"

桑枝知道她最后一定还是要的。

"那我走了啊？过了暑假我来接她。"说是这么说的，可她居然把她往这里一扔就是三年。桑枝就在发廊方圆一里的地界里打转，每日上楼下楼，进门出门，就长到十九岁，连凤琴的样子有时候都想不大起来了。

凤琴压根就已经不在良沟了。姓杨的老头要去草原做牛羊生意，凤琴跟了去，老头在草原上突发脑溢血去世了，她又回到内地来，现在不知在哪，身边有没有个人。

阿夏妈并不大提这件事，桑枝所知道的这些信息也是去年回良沟拿东西时听街坊们说的。她回来说与阿夏妈听，阿夏妈听了只点点头，哦了一声。阿夏妈不提，她自然也不提，提了是自讨没趣。桑枝庆幸的是，阿夏妈始终认她这个外甥女，她母亲这样不成个事，阿夏妈也从没有想过寻个由头把她扫地出门。正因如此，阿夏妈不高兴了，顺嘴说她几句，桑枝也只忍着。她也很勤快，一天的事做完了才敢略歇一歇。

东街的韩大爷在门口喊她了："桑枝，桑枝！"仲夏也帮忙喊了一声："桑枝啊！"

"来了来了。"她一边走一边解下围裙："好了？"

"好大一个，你骑什么去？"韩大爷问。

桑枝朝对街艳丹开的照相馆一指。

桑枝骑着艳丹的那辆小三轮把树根运了回来。那是东街修大路刨出来的树根，韩大爷记性好，记得仲夏这里成日拿火烧心炉子烧开水给客人洗头，就叫桑枝去运来。

"回来要晒，晒了还要劈，可不是简单的活。"韩大爷说。

"可不是么。"

"阿夏妈也是，煤也没有几个钱！"

"哪里？送到家的话一块炭要三毛呢！再说了，煤烟闻多了也不是好事。后头陈家不也是烧的煤？他家还养了一只猫，常常蹲在炉门口，叫熏死了！"

韩大爷看了她一眼："你倒懂事呢！"意思是——还知道帮着姨娘说话。

"她也不容易。"桑枝索性替他说白了。

"你姨父还没有信？"

桑枝摇摇头。对于阿夏妈的家事，她很有分寸，素来不在外人面前瞎嚼。

到了东街，把那半个活猪大小的树根弄上了车，桑枝又朝家里骑。每天总有一些这样那样的事，像是上天和阿夏妈站到了一边，不叫她歇着。今天张家下去钓鱼送一条来给他们，她要脆鱼。明天李家家里办宴席请客，又请他们帮忙搓肉圆子。她想，忙忙也好啊，日子走得动，来不及寂寞。她心里想着这话，眼里看着前面忙碌的仲夏。

阿夏妈在楼上听到了动静，朝下喊："桑枝啊，打点井水洗洗，再晒一晒，不然劈得院子里都是泥。"

"是这话呢。"

洗好了等晒干的空当里，阿夏妈叫她："打电话给宋老太，问她今天下午打不打。艳丹男人带新娘子到河婴拍照片了，她要守着照相馆，肯定是打不了的。"

"哦。"桑枝打到宋家："兰姐，我桑枝哎。喊宋老太接个电话呢，哎哎……宋老太，姨娘问你下午打不打牌……她打不了，她男人不在家，门市上没人，她要看店呢……"桑枝捂着话筒朝楼上喊："问你约了谁？"

"吴桂芬。"

"约了吴阿姨……她真的不行，门市上没人……那你打个电话问问她呢……嗯，那宋老太我先挂了。"

"她说她自己打电话跟艳丹姐说，问她门市能不能关半天。"桑枝又朝楼上喊。

这回阿夏妈下来了。人还在楼道上，嘴里就嘀嘀咕咕的："她跟桂芬都是半斤八两。还嫌你嫌她的呢！艳丹的生意不要做么？男人不在家，照相馆虽然拍不了照片，但是人家之前拍的照片洗出来了总要来拿吧，就专门陪她打牌？艳丹平时不在店里抢忙，已经常常听她男人的耳朵眼子了！"

阿夏妈说着就要给宋家老太打电话，艳丹却从街对面来了："下午我还是打吧。"

阿夏妈竖起手势"六"放在耳边，示意——是不是她给你打电话了？

"差点把我磨死！"

"她就是欢喜你，不欢喜和桂芬打，有什么办法呢！"

艳丹苦笑了笑，意思是——要不是明年带儿子到城里上学得麻烦宋家林疏通关系改施教区的事，才不至于样样赔小心！

"其实桂芬的牌品也还是可以的，不过就是欢喜站起来东瞄西瞄的罢了。她呢？她是老了，骨头硬得爬不起来了，要是爬得动，她不一样站起来东瞄西瞄么？"阿夏妈说着把艳丹送出了门，又问："那你下午关门啊？"

"有人要来拿照片呢，回头请仲夏帮我瞄着点吧。"

桑枝又去忙活她的树根了。仲夏帮忙把它抬到了街边晒，仲夏在树根一处画了个圈，说："这一块留给我吧，我想做个根雕。"

仲夏的巧手是远近闻名的，且这手巧不光巧在打理头发上，他会画画，又写得一手好字，还会剪纸，做麦秆画，更加能抚笛吹曲。桑枝记得她初至家中的第一夜，仲夏就吹了很久的笛子。

那时她刚刚洗完澡，坐在床头吹头发，电风扇把睡衣吹得波涛一样。忽然远处的笛声也如涨潮时的波涛一样层层递进而来。

她撩开帐子，趿着拖鞋，在黑暗中扶着墙慢慢下了楼去。月亮大得像是过重而往下沉了一些似的，触手可及。月光梳洗着她的睫毛，让它们丝丝分明。她在月色中循着笛声往前走，黄昏时的一场雨在石板路上积了水洼，有时会溅湿她的脚指头。

她最终走到了镜湖。

镜湖是白螺的神。

相传镜湖是仙子董双成濯洗双足的地方，所以白螺附近的很多寺庙供奉西王母，并且西王母塑像旁一定有侍女董双成伺奉在侧。

白螺的千家万户就是围着这一泊水泽过着细水长流的生活。

镜湖之上有祖辈们修建的戏台，逢年过节常有戏班子来唱戏。

仲夏在这戏台一侧的一块大青石上坐着吹笛。他的笛子是竹笛，很特别，前面是青色，末尾是黄色，青黄渐染，像是带着一种深沉的隐喻。

桑枝没有走近，只是远远地看着他。夜风吹起她的睡衣，在她的肌肤上翻滚嬉戏，一片清凉。夜色中的白螺是沉静低迷的，偶有行人路过也并不驻足听笛——他们听惯了仲夏的笛声，就像吃惯了白螺的水一样，他们不会刻意地去听，但是仲夏的笛声一定是他们生活的一部分。只有桑枝这样的外来客才会好奇。

仲夏吹完了，他缓缓地站起身来。

桑枝靠近了他一点，慢慢走近他身后的影子里，于是她的影子也和他的影子融合在了一起。仲夏说："这首曲子叫《苔上溪》。"

《苔上溪》讲述的是夏夜里森林中的场景。前面有蝉鸣，有鸟雀在叫，有走兽在行动，脚步带动着花草树叶，但是后来它们都睡了，沉沉的夏夜只有一条小溪在山里流淌，摩挲着石头上茸茸的青苔，一路荡涤，最后融入山涧。

"谁教你的？"桑枝问。

"我爸。"

"他吹得很好？"

"他前面吹得很好，后面就常常一带而过，搪塞过去……就像他这个人一样。"意思是不能善始善终。仲夏的声音说到后面如笛曲减弱。那样说父亲，也许终是不忍。

"还好姨娘看得开。"

"她不放在脸上罢了。眼泪也哭干了，天地祖宗也都骂尽了，还能怎么样？日子总是要过下去的。"仲夏忽然把笛子伸给她，"你想学吗？"

桑枝接过来，用手指轻轻抚摸它，竹器给人一种温润幽凉的质感。

她摇摇头。"我还是喜欢听。"她是个很好的听众，能耐心地听所有的故事，却并不擅长讲故事。

但这又并不代表她没有故事。

桑枝的名字很多人问过出处。她一次一次地耐心解释，说唐朝很多诗人都以《春思》这两个字为名写过诗，有的很有名，有的并不出名。李白也写过。但是他朗朗上口的名诗太多，这一首《春思》知道的人并不多。诗里说——

燕草如碧丝，秦桑低绿枝。当君怀归日，是妾断肠时。春风不相识，何事入罗帏。

别人又问："谁帮你取的？"

"我爸。"就因为这一点，来到白螺镇之后她总有一种自发的与仲夏亲近的愿望，是同病相怜的意思。可是她父亲桑田有很多地方和仲长生是不同的。桑枝不止一次设身处地站在父亲的角度为他考虑——能和她母亲凤琴把日子过下去真的不是一件容易的事。

桑田提出离婚的时候，凤琴刚刚从牌桌上撤下来回到家里，正准备汇报当天的败绩："我要知道她有两个四筒在手，我再也不出这张牌。"凤琴又顺便舀了一勺桑田做好的青菜豆腐汤尝尝咸淡。

桑田说："你进来一下。"

凤琴把包往椅子上一扔朝卧室里走，桑田要关门，凤琴觉察出不对，不让他关。最后还是关上了。接着桑枝就在隔壁听到了凤琴的尖叫。过了不到两分钟，凤琴咣啷一声拉开卧室的门，拎上小包夺门而去。

桑田显然踌躇了片刻才踱到桑枝的房间里来。她佯装不知，低头写着字。桑田说："我没办法带你走。你跟在她身边好一些。等我情况好一点，有条件了，会来接你的。"

桑枝仍然不说话，但是眼泪吧嗒吧嗒地往纸页上坠。

桑田当晚就走了，他们报社给他在城里安排了宿舍暂住。临走时他来敲她的门。她已经上床了，但是没睡着。他敲了三声她没有答应他，他就在门外低声说："碰到问题不要害怕。我走了。"

桑田走后的第五天，凤琴和一个男人同居了。具体是不是此前他们为之争吵的那位，桑枝不得而知。或者按凤琴的特性来说，是不是也不重要了。

凤琴白天上班，晚上到家给桑枝做饭，常常煮一大锅粥，留着给她第二天早上再吃一顿。做完了饭她到别处去打牌，有时候回来过夜，有时候就不回来了。

新学期伊始，桑枝问凤琴要钱，凤琴说手上没有，让她等两天。两天后她再问她要时，凤琴给别人打了个电话："你在家啊……那我管不着，我怕谁……我马上来，拿点钱给我……放屁呢，我跟你要过几次钱啊，手指头扳扳也数得过来了……那怎么的，你这是逼我也按次收费啊……给我滚，不是我说你，像你这样要能把生意做起来，我郁字倒过来写。"她只好问牌友借了些钱给桑枝去交学费。

连着十来天，凤琴都是在家过夜。又过了几日到了月中，工资下来之后，凤琴还了钱给别人，又把以前的钱还给那男人。她说："姑娘你将就下啊，陪妈妈啃一个月榨菜。人要有最起码的骨气。"

榨菜只啃了几天她们娘俩就又吃上荤腥了，因为姓杨的老头出现了，在凤琴身上很用了些钱。姓杨的手上已经布满了老人斑，是岁月的签章。

桑枝觉得很恶心。她想不通为什么凤琴能和他睡一床，而且还能三更半夜哼哼唧唧。

凤琴看得出来她想什么。怎么看不出来？姓杨的用勺子舀了汤喝之后，桑枝是绝对不会再喝那个汤的。凤琴全部看在眼里。

姓杨的出门后，凤琴劈头盖脸骂了她一顿："你是什么东西，摆的什么谱？嫌他喝了脏？你不如去喝西北风更干净点。你也不瞪大了眼睛望一望，你身上穿的，嘴上吃的，书包里装的，哪一样不是他花钱买的。不指望你嘴甜喊他一声，你倒晓得整天甩眼色？芝麻大点的人不学学别的倒学起清高了，全是传你王八老子的代。屁钱不挣一个，就会装腔作势。你给我听好了，我要是再看到你白眼睛仁翻翻的话，当着他的面就是一个嘴巴子！"

凤琴也出门了，不是去上班。姓杨的来了之后，她再没上过班，整日地打牌，偶尔还喝酒。姓杨的不喝酒就罢了，还能服侍她，有时候姓杨的也是应酬过了回家来，就都醉醺醺的。桑枝拉不动他们，他们就只四脚朝天和衣在地上睡一晚。

第二天起来凤琴喊肩周疼，又骂桑枝："连杯水也不晓得倒给我喝，养你干什么的！"

姓杨的脾气倒是很好，从来没有对桑枝指手画脚过，还自嘲隔代亲，一点也不避讳和她们母女的年龄差距。在桑枝的记忆中，姓杨的只发过一次火，那次之后不久，她就被凤琴送到了白螺镇上。那次凤琴似乎输大了，又喝了酒，回来半真半假地和他闹了几句，他一扬手给了她一巴掌。凤琴登时醒了，又见桑枝旁观着，便朝地上一赖，哭号了一阵子。姓杨的把她拖进了房间。至此，凤琴消停了几天，深居简出收拾家务，应该是姓杨的收紧了她的财路。可凤琴却不这么想，她把罪名扣在了桑枝身上，认为是她惹得他不快了，或者，她的存在让他对自己不够重视。凤琴自然不希望是后一种，但绝不能排除这种可能。她这就决定把桑枝托给白螺的妹妹一阵子。

这里头不光彩的枝枝节节太多了，桑枝不好向人说，也只有仲夏让她信任，勉强能说上几句。仲夏问："你还想姨娘啊？"

桑枝摇摇头，扑朔迷离所以似是而非。怎么会不想？骨肉相连的至亲，她再不好她也还是想的。就像这老树根，没有它也就没有枝丫没有花。

到了下午的光景，树根晒干了，又抬回院子里劈。

阿夏妈在房里朝她喊："明早再收拾吧，这么劈着吵死人。"

"哦。"

"桑枝啊，帮我看看门市上来人没？"艳丹嘱咐她。

"我去看看。"

仲夏在前面又喊了一声："我盯住呢，有人我叫她。"

"哦。"桑枝说。

桑枝上楼去了。仲夏发廊里用废的洗头毛巾她收集了起来，预备拼接起来缝成一个大的踏脚垫。

她搬了个小凳子坐在二楼走廊上，脚畔放着针线篮子。忽然下了一阵小雨，砸得花叶啪啪作响。世界被雨水清洗成了一个琉璃制的世界。就在这雨声中，她还能听清楼下宋家老太干涸的嗓子："印家老太婆托我给她孙子做媒，我左望望右望望，没个合适的人，就桑枝还与他般配。"

"她才十九，早着呢。"

"早什么早，我十九的时候都生老二了。"

"等她妈妈回来吧，我拿不了主张。"

"她能回来么？不回来你就养着她？"

"哪个应家？"

"阿夏妈，补花啊。"晏伯母插了一句。

"印道仁家。"宋家老太说。

"印家？我当是那个'应'呢。他儿子不是在外头当兵么？"阿夏妈问。

"家来了啊，在派出所里头做事。"

"印道仁这下子身边还有人啊？"

"刘瞎子给他算的，说他克老婆，他也懒得找。唉哟，你倒想这么长远了？印小林这么在派出所里镀金罢了，他大爷总要找关系给他弄到河婴公安局里头的。不要在上面买房子么，小两口哪里跟他一个老光棍住。"

"再看吧，机会合适再说。"

"你这下怎么不说她年纪小了？"宋家老太的声音里头带着笑意，"你还不放心我，大浪淘沙，走我这关细筛子眼儿里选过一趟的人你还怕不好？"

"可是桑枝是小了点。"艳丹说，像是真心疼她。

"过了年就二十了，两个人处一处还要些时间，到那时还小么？"宋家老太说，"我是心疼凤珠，仲夏也到年龄了，马上带媳妇哪一样不要用钱？长生这个东西死在外头也不见个人影，她又哪一样不要烦神？"

"别说了吧，宋老太啊。"阿夏妈说。

"……………"

桑枝的踏脚垫在这一言一语之中缝好了，雨也停了。她铺到楼道口试着踏了两下，很是合适。阿夏妈她们听到了她的动静，声音变细了。阿夏妈又突然喊她："再去帮你曹大姐瞄两眼啊。"

"哦。"什么都没听见一般的木讷，藏得好好的。

仲夏在前头喊："有人来了，恐怕是拿照片。"

"我去去就来。"艳丹起身，见桑枝在这里，就说，"不然你帮我垫两把？"

"我不会。"

"这有什么的？没吃过猪肉也看过猪跑吧。赢了算你的，输了算我的。"

桑枝就坐了下来。她的余光里，宋家老太慢悠悠地朝阿夏妈递了眼色，阿夏妈也慢悠悠地摇了摇头。

桑枝的心放了下来。

桑枝透过窗子看到了露台上飘摇的衣服，仲夏的汗背心在风里驰荡着。

她想把自己的想法告诉阿夏妈。她哪儿也不想去，谁也不想嫁，她就想留在这个家里，做一辈子杂事，给仲夏烧开水，给阿夏妈洗菜洗碗。

她心里对仲夏那种不一般的感情在她刚刚发觉的时候吓了她一跳。缓了一阵子，她倒也不害怕了，只是有些哀伤。仿佛生不逢时。

阿夏妈歪过头来看一眼她的牌，惊呼："傻了啊，胡了。"阿夏妈把她面前的牌对呼呼啦啦地放倒："望望瞧，二十四番清一色啊！再不胡艳丹的亏吃大了！"

"什么亏？"艳丹笑着进来了。

"打得头昏，给你吧！"桑枝急忙站了起来。

"所以呢！打牌是三分技七分气，运气好了，也能歪打正着。"阿夏妈笑着对艳丹说。

嬉笑里，桑枝静静地走出去，着手准备这一日的晚饭。

○

童
花
头

| 五月初一　大风 |

　　田园是被她母亲推进门的。

　　"要不是学校演出要留头发，我早就带你来剪了。"蟠桃嫂拿了几个硬币轻车熟路地朝生锈的铁皮盒子里一撂，"阿夏，就交把你了，还是童花头。天热，还要多剪剪。我家里还有事呢，先走了。"

　　蟠桃嫂的篮子里装了满满一篮子菜，臂弯上被压出了一道红红的肉痕。

　　田园坐在椅子里，因个子小，脚还没沾地。她八岁，在镇上的小学念二年级。

　　田园穿一件印着草莓纹样的圆领衬衫，做工和料子都不好，领口垂着两绺线头。有些草莓的部分大概是上印花工艺时衣服皱了，印得微微有些错位，展开后中间裂着一道白缝。下半身是一条墨绿的九分裤。脚上是包头凉鞋。蟠桃嫂说她和男孩子一样喜欢踢踢打打，怕露趾凉鞋会把脚指头弄伤。脚上还套着和她母亲一样的肉色对对袜，三五块一打子，到处都有得卖，袜帮子早已毛得起了球。

　　田园脸上很有些气愤的神色，好像养了这么长的头发又要剪是个很大的损失，坐到这里就成了一个冤屈的待斩勇士。

　　"你表演的什么节目？"仲夏问。

　　"大合唱。"

　　"什么歌啊？"

　　"《我们的祖国是花园》呗，桑枝姐不是晓得么？"是那天晚上散了学后她路过这里，碰巧桑枝在门前扫地，闲聊起来桑枝问她的。

　　"她晓得，我不晓得唉！你唱两句给我听听吧？"

　　"忘的了。"

　　"小气鬼。"仲夏逗她。

　　披上了白围布后，田园慌了，说："少剪点子吧。"

　　"不行。你没听你妈说啊，夏天热，要多剪剪。不然生痱子。"仲夏拆了她的马尾，问，"你妈买了那么多菜，陆先生晚上有客人啊？"

　　"不晓得。"

　　"你们现在还住在他家？"

　　"住啊，不过有时候也家去住。"

桑枝从后面来了："田园来啦，就说你妈不会让你留头发的，她忙得要死，哪有工夫每天能跟你梳辫子。你妈没来啊？"

"走了，提着一篮子菜。"仲夏一边说一边在镜子里看了桑枝一眼。

桑枝不作声，把门边烧开的一壶水冲了起来。

田园的母亲蟠桃嫂姓潘，单名一个"桃"字，便都叫她蟠桃嫂。她在陆先生那里做事。陆先生是北边来的一个画家，一直住在镇上。仲夏有时好奇，想着到底是自己深居简出还是陆先生深居简出，反正他从没见过他。桑枝和阿夏妈也说没见过。

有一次蟠桃嫂带着田园来剪头发，阿夏妈那一日恰好没打牌，两个人就坐在边上有一句没一句地闲聊。阿夏妈问："他出门啊？"

"不常出门，偶尔饭后到河边子走走。你看见了也认不得，说不定见过。"

"他在小芋头那块剪头么？"阿夏妈的意思是从未见过陆先生光临，是不是在别处理发。

"他自己有一套家伙，剪子推子，齐全呢，自己在家里剪。"

"后头呢？"

"前后各摆两面镜子。"

"阿弥陀佛。他怕出门是怕出门要花钱吧。"

"不是这个话。他有钱，一幅画能卖多少钱呢。就是不欢喜见人罢。"

"你们在家说话啊？"

"偶尔说说。也没什么话说。他画他的画，我做我的事，事情做完我都上街玩去了。"

蟠桃嫂这话只能算是她早期的方针。因为在一个单身男人家里头做事，话少是好事。一开始她男人并不同意，另托了人介绍到一家小两口那里做。那女人刚生养，连产妇带孩子，一家老小服侍起来很累人，整日没有觉可睡。过了半月，蟠桃嫂瘦了十斤，才又回到了陆先生这里。陆先生一个人，蟠桃嫂要做的事情很少，可工钱不比别处的少。

蟠桃嫂说："阿夏妈，你说放着这块的闲老倌儿不当，去到人家卖命，我不是傻子么？"

她男人仍旧不高兴，不准她在镇上过夜，叫每晚连夜回村子里去。

"我跟他说，我干吗到镇上找事做，就是为了不和你妈住在一个屋檐底下。一天忙下来，家去再听她啰啰唆唆说一堆话？我说你怕什么东西，姑娘还跟在我身边呢。她是聋子还是瞎子？她从小就跟你亲跟我不亲，我要是在外头有什么玩意，你还怕她不跟你通气？我晚上家去其实也无所谓，他家早上没得什么事，我第二天来迟些个也不碍事。但是姑娘不要上学啊？你一天到晚忙着种你那个倒头烂田，还送她上过一回学啊？"蟠桃嫂笑着摇摇手对阿夏妈说，"被我说得一愣一愣的。"

蟠桃嫂的话阿夏妈并不全部相信。

"总归会有点个不大清楚的！"事后阿夏妈当着仲夏和桑枝的面说。好像很清楚女人的特性。还是说如果她自己就是蟠桃嫂，她一定会和陆先生"不大清楚"。

"清楚"这两个字就"不大清楚"。什么叫"清楚"？有时候田园去上学了，四下无人，早期的方针开始弱化之后，他们说些话算"清楚"么？

蟠桃嫂劝陆先生："你也要外去走走，老是这个样子窝在家里人会萎缩的。"她不清楚陆先生其他方面有没有萎缩，毛囊一定是萎缩了的。梳子上一把一把的头发，额头褪得像是拱门，给他换洗枕巾，脑油味真是冲人。

她要整理陆先生的朋友给他寄来的雕花板，陆先生搁下画笔很紧张地走过来拦着，说："潘嫂，别动别动，弄坏了。"他不叫她蟠桃嫂，叫潘嫂。似乎蟠桃嫂在他眼中像个诨名，带着一种调侃甚至猥亵的意味。

还是很"清楚"的。

除了早起在院子里喂鸟，侍弄花草，晚上和自己下下棋，陆先生的大部分时间都在书房里度过。起先，蟠桃嫂对那间书房是很感兴趣的。她没见过那么多瑰宝——清漆的水曲柳大桌子仍然保留着原始的木纹肌理，陆先生用它来拓印山水画里的水纹。成堆成堆的卷轴，有的有两个虎口合并在一起那么粗，蟠桃嫂收拾时打开瞧过，画的是古时候的夜宴，光坐部伎就有近两米长的阵容，展了半天也没到尽头，蟠桃嫂赶紧又阖了起来。红木的画框也是成堆的，雕着荷花、牡丹、芙蓉、凤凰，是这寂静处少有的欢喜和喧闹。至于雪白的鹅毛扇，猩红的鸡血石章，缎面的奏章，开片的瓷水盂，各色络子和流苏更是随处可见。

这些东西她都不懂，但是她摸一摸它们的材质就知道自己没资本在打扫卫生的时候无意中砸掉一个。

陆先生在书房里画画，她的事做完了，心焦了，会看一会电视，电视也看得心焦了，会到邻居家串门子。龙家的主人是对老夫妻，也雇了个人照料起居。

龙家保姆说："陆先生真是坐得住呢，一下子也看不见他人。"

蟠桃嫂说："个人习惯吧。"

龙家保姆挤挤眼小声问："是离婚了还是什么玩意头？"

"他说他没有结过婚，我不大相信。"蟠桃嫂直言。

"啊？真的假的哦。那上人呢？也都走了？"

"老头子走了，老太婆还在，说是在老家，他弟弟服侍她。"

"这个弟弟倒好呢。我们家这一对，两个儿子统统是不问的，一个月里来看回把两回，板凳没有焐热呢就走了。"

"有什么不愿意的啊，他每个月都给他弟弟汇钱。"蟠桃嫂竖起一个手指头，然后在这数字"一"后面狠狠地砸了几个拳头。

龙家保姆睁大了眼，倒抽一口气："我的乖，这么多！"

龙家保姆想了想，挑起眉毛又问："全是你帮他汇吧？"意思是"他不怕你卷着钱跑掉吗"。蟠桃嫂刚要不屑地回答她，忽又怕她问起她在他家做拿了多少工钱，便打哈哈说："有时他也自己去。"

一直聊到近午时分，躺在床上的龙家老两口说饿了。她们看了一眼钟。

"不得了。"蟠桃嫂慌慌张张地回去了。

陆先生还在房里画画，田园也回来了，在院子里踢毽子，冲她嚷嚷："你跑哪块去了，饿死了。"蟠桃嫂一面指了她一下："金子的脾气破铜的命。"一面敲了敲书房的门："菜场今天人多得要人命，转到现在也没有买着什么，还是昨个的汤水行啊？"

"好，热热就行。"

桌上，她说："我全部都下冰箱的，一点个没坏。"

"嗯。"口气像是哪怕馊了都不影响他胃口一般。

渐渐地，蟠桃嫂就懈怠了。人便是没有"柿子捡软的捏"的习惯，柿子太软，也总会养成这习惯的。可又过了些时候，蟠桃嫂还是照往常一般时令菜式轮流做，为什么不？反正不是用她的钱，他包吃包住，她这便官方便占就多占些。每月的工钱是死的，可是田园的营养是活的，能往她身上储一点是一点。

夜里，田园嚷着说帐子里有蚊子，蟠桃嫂刚开始说她是幻听，可她自己快要搭上眼的时候也被嗡嗡声吵醒了，自言自语："我睡觉前掸过一圈了呗，怎么还有的啊？"她又听见隔壁陆先生房里噼啪一声，似是打蚊子，略有些自责，想着明晚要好好掸一掸。

"蚊香盒子在他房间里，你去拿一盘来。"她轻声对田园说。

"我不去。"田园轻轻翻身朝里。

"听话呀，我不好去。"蟠桃嫂往自己的睡衣上指了指。

"我不去。"田园重复了一声。

蟠桃嫂踌躇了片刻，轻轻下了床来，囫囵地穿起裤子，前后都没分，走到隔壁敲了敲门。

"干吗？"陆先生很警觉似的，口气很硬。好像这家里还住着一个让他讨厌的人。或者他讨厌的本来就是蟠桃嫂？可蟠桃嫂并没有觉察出他讨厌她。

"我来拿个蚊香,死丫头说有蚊子。"

陆先生没说话,蟠桃嫂听他窸窸窣窣地下床了,过了半晌开了门伸出来一只手,托着一盘蚊香。她接过来,他就刺溜一下缩回去了。

到底是谁怕谁?谁怕这样不好?蟠桃嫂有些气愤,隐约怀疑他是个二刈子。她再细想又为自己羞愧。怎么,别人尊重你、不冒犯你还不对了?难道是在期待着一些什么?

打火机咯噔一下,火苗持续了十秒,蚊香头着了,亮在暗处,像是一种监视。

监视她的不光是这蚊香,还有田园。

"今个刮大风,他们说泡桐树街上那个老亭子上头的瓦都被刮下来了,差点个砸到人。你们夜里还要家去?"仲夏用梳子篦了篦田园厚实的头发,只觉钝钝的篦不动。

"不家去。他家今天有客人,我妈要烧饭呢。"

"你爸在家怎么弄?"桑枝插嘴。

"所以我妈才讨厌嘛。"听上去,田园真的要和她父亲好得多。

田园父亲到陆先生家里去过的,是田园给他打电话的第二天。田园告诉他,她放学回来的时候蟠桃嫂和陆先生两个人在书房里说话,门破天荒地掩着。

田园父亲见到陆先生本人,心里踏实了一半——他只比蟠桃嫂高出一拇指,眼镜后头一片浑浊,很显老。但是陆先生有气场,站在那里纹丝不动,让他不敢大声说话,于是只轻声地解释:"我给她们娘儿俩带几件换洗衣服过来。"

陆先生的神色显得对此毫不关心，微微点了个头就回书房了。

田园父亲也和蟠桃嫂回到了她们的小房间。蟠桃嫂说："他就长着一张冷脸，我一开始也看不惯。"

田园父亲笑笑："一开始看不惯？现在看惯了？"

蟠桃嫂心里有数，冷哼了一声："小狗东西又跟你说什么了？"

田园父亲不作声了。

"一个月工钱新崭崭地朝你面前一摞你就晓得'亲娘好老婆'地喊了，现在发的什么疯？我命苦，男人没得能为，在家服侍男人，在外头还要做工服侍主家。看不惯主家的冷脸难道还要叫主家看我的冷脸？小田园我马上也要跟她说呢——妈妈在人家家里伺候，你要是看不惯，妈妈当然可以不做回家。但是你每年开学就只管和你爸爸要钱去，书包里头的这些七零八碎、柜子里的这些小人书连环画还有这些好几套衣服的小洋娃娃全跟你爸爸要，我手里是一个子也没得的。我只在家服侍你们爷儿两个，尽我本分。另外一日三餐也要向你们爷儿两个要买菜钱。我一个月不说多，就做两套换洗衣裳，也跟你们要。"蟠桃嫂说着拎起田园的书包，往床上抖落，乒乒乓乓一阵作响。

田园在院子里听见了动静，知道她母亲发火了，也不敢进来，只半蹲着趴在纱窗上往里瞧了瞧。

"我也就说说。"田园父亲说，"换哪个男人心里好过啊？"

"不好过也请你忍住。哪个心里好过？不好过就外去做买卖苦大钱，把老婆供在家里。哼，你还是别做了，贩一回鱼都能被城管逮住，能成什么事啊？"

到了饭点田园父亲走了，他宁可在小吃部喝一碗馄饨也不吃他家半粒的白食。

田园在饭桌上有点不敢看她母亲，一直低着头，她希望这时候陆先生能半路说点什么打破一下这尴尬局面，陆先生平日里少言寡语的一个人却真上了她的心，说："他是想你们了吧，要不今天下午你们回去吧，晚饭我自己来做。"

"别搭理他。"蟠桃嫂指了指那半碗草鱼汤，陆先生摇摇头，她就端起来送到院子里给猫吃，半路自己还把里面的一块青菜捞起来吃了，叮叮当当捯饬完了又回到桌上来收碗，说，"你可怜我是不错唉，但是田园下午还要上学呢。唉，他就这么个人，随他去吧。"

蟠桃嫂打心眼里看不起她男人。两只眼就认得钱，偏生又懒，单说原来她没在镇上做工的时候，是他接的田园，但凡有人喊他斗地主，就说摩托车坏了，没油了，腰疼，头疼。

田园听够了她母亲的嗟叹，反问她："那你嫁给他？"

她不跟她小孩子计较，也说不清道理——天下找对了人的女人有几个？那些说找对了的，又有多少是慢慢从"不对"变成"对"的。

她也没说田园父亲就是"错"的，只算说得过去吧，最起码还算本分，不会在外面有那些花里胡哨的事。

陆先生"哦"了一声，又回到书房看书去了。

前一日，他们俩是在书房里聊到了他的老母亲。蟠桃嫂把信递给他："来信了。"陆先生不喜欢打电话，他弟弟也只好尊重他的习惯，改为书信往来。

蟠桃嫂出来打扫客厅，却听里头哭了起来，忙跑过去瞧。

"她不行了。"陆先生悲怆地说。

"那赶紧家去看看啊。"蟠桃嫂倒来一杯茶。

陆先生摇摇头。蟠桃嫂知道他的意思，是说他自己不孝。无后为大，没脸见老母亲。

照以前，蟠桃嫂会奉劝他赶紧成家，叫老太太欢喜一场，一定什么病都没有了。可是在渐渐地了解陆先生，了解了他的个性在处世上的艰难后，蟠桃嫂也不知该说什么了。

她到陆先生这里做事后接待的他的第一个客人是河婴城图书馆的管理员宦玉兰。

宦玉兰说，还是陆先生在北边的时候，画家协会组织的一次采风活动上她认识他的，算是故人了。

宦玉兰穿一件鹅黄的绸衫，下面是米灰的阔脚裤，手里提着一只藤把手的蓝印花布手包。头发梳得一丝不苟，扎着低低的鬏，擦了些增白霜，是连带着脖子也是擦了的，并没有"断层"的感觉。她坐在客厅布沙发里，对着奉茶的蟠桃嫂微笑。

宦玉兰坐得很挺，可能是习惯性的好坐姿，也可能是后背不愿意触碰到沙发靠背，因为天太热了。幸而屁股底下有竹垫子。

"陆老师，要不是馆长到顾城开会，王馆长跟他说这个事，我哪会想得到你隐居在这里呢。"宦玉兰呷了一口茶说。

"这儿安静。"陆先生好像不太适应突然有人硬生生闯进他的生活，说话时总是手脚无处放的样子。大热天还在搓手。

"什么时候来的啊？"

"有一阵子了。"

"是定居了还是……"

"暂时没有要走的计划。"

"那太好了，我时不时能来看看你。现在城乡专线两个小时就发一班，快得很。"

"是吗？"

"《空濛》我们馆藏了二十四册。我最喜欢倒数第二张的牡丹图，头一回见画那么多牡丹花苞的，太有趣了。"宦玉兰咯咯笑了起来。

"是吗？替我谢谢你们馆长。颜色印得正么？"

"怎么，你还没有书？早知我带一本来给你瞧。"

谈话中断的片刻，沉闷的客厅里可以听到远处的蝉鸣。滚热的风浓稠地吹来，宦玉兰拿出手帕擦了擦。大约是陆先生自觉作为主人不多言语是件不礼貌的事，就又开了口，连蟠桃嫂都觉得新鲜。

"我记得那年你刚刚有了孩子，现在孩子大了吧。"

"嗯，过了夏天就上小学了。这两天正为入学改名字的事烦着呢。"

"现在叫什么？"

"张喆。"

"挺好的名字啊。"

"先生说他命里缺水，不改的话以后会有牢狱之灾。"

"那些话不作数的。"

"不如陆老师给起一个吧。"

陆先生想了良久，提起笔来写下了三个瘦金体小字——张雨澄。

宦玉兰取过洒金熟宣看了看，说："名字是很好的，只是要改成宦雨澄了。"

宦玉兰先前映在脸上的欢喜神色都不见了。她前两日刚刚争取过来孩子的抚养权。

"真是对不起。"陆先生说。

"唉，他那个人不说也罢了。"

当天，宦玉兰在陆先生这里说了一个下午的话，陆先生当着她的面让蟠桃嫂去买菜做晚饭，宦玉兰也没有推辞。但是宦玉兰也勤快，黄昏时分，陆先生回房里画画，她来厨房帮蟠桃嫂做饭，嘴上也客气了几句。

"小孩在家不要紧吧。"蟠桃嫂问。

"没事，过暑假去他舅舅家玩了。"

晚上吃饭前他们把小桌子搬到了院子里，来来往往地端菜倒酒，很有种鱼贯而入的感觉。蟠桃嫂坚持盛了两碗饭夹了些菜带着田园在房里吃。宦玉兰无所谓，这倒让陆先生有点不知所措，好像身边少了个帮衬的人，成了孤军奋战。

"她是哪个啊？"田园问。

"你问我我问哪个？恐怕是以后的女主家哦。"蟠桃嫂刨两口饭就往窗外看一眼，刨两口饭就往窗外看一眼。

宦玉兰在月光底下咯咯地笑，声音像是动画片里的狐狸，笑得酒杯里的月色都在颤动。她一杯又一杯地喝酒，虽是一口头的小盅，可女人头一回上别人家里喝这么多未免太不体面了。陆先生也喝多了，因为话虽不多，声音却响亮了起来，连龙家保姆都听到了。次日，龙家保姆问："昨个晚上陆家来客人了？"

"嗯呐。"

"哪个？"

"你问我我问哪个？恐怕是以后的女主家哦。"蟠桃嫂心里那种说不出的青蓝色的怅惘过了一夜仍然积留在胸口。可她也还是很替陆先生高兴的，毕竟说到底是一件好事。

龙家保姆露出了讶异的表情，求她讲事情的经过。蟠桃嫂散漫地说了。

"这个女人没有男人急了哦？将巴巴地送上门？应该叫个人先上门探探路铺垫一下子啊。"

"倒说是这个话啊。我也不大看得惯。"

"儿子呢？"

"说是在她哥哥家。"

"啧啧啧，全是安排好的。"

"哪个晓得呢。"

"模样怎么样？"

"才三十四，还小着呢。"

"那是真小。他呢，过两年奔五十的人了吧。"

"是呢。"

"看上他的钱了？"

"他也算不上有钱，更不露富。他们有文化，两下里欣赏也是有的。这个我们不懂。"蟠桃嫂说话更有质素些，心里也想着主家，替他关着面子。

"我不信。天底下男人死绝了她要找他？"

龙家保姆这话倒激怒了蟠桃嫂，心想：陆先生怎么了，是缺胳膊少腿还是大病缠身了要你这样嫌弃，便说："好女不舞，好男不赌，男人女人不沾这两样就是好的了。"龙家保姆的男人是赌鬼，远近闻名的，可蟠桃嫂只脸上淡淡地说着，装个不晓得似的。

龙家保姆不高兴了，依着要给老太婆熬中药的名义打发了蟠桃嫂。

隔了几日，宦玉兰又来了。再过了几日，就天天都来了。一切都如蟠桃嫂意料的那样延展着。宦玉兰渐渐地有了一种反客为主的架势，她第一次学着陆先生的口气使唤她的时候，蟠桃嫂心里升起一点怕和怒。她越使唤越顺嘴——潘嫂，锅要开了吧；潘嫂，茶瓶里没开水了，再烧一壶吧；潘嫂，这个茶叶好像霉了。老陆，我马上把春节文联搞活动发的茶叶带来给你尝尝，正宗的云南普洱，李书记下血本了。

就是这样，连带着对陆先生的称呼也变了。

进展这么快，很像是预谋已久的。也就是龙家保姆所说的"全是安排好的"。

蟠桃嫂出于好意，背后说了两句，提醒陆先生留个心眼。陆先生回她："小宦也不容易。"

蟠桃嫂便什么也不说了。

田园爸爸听说了这事倒是很高兴，一天周末，借着到镇上买农药的机会又来看了看蟠桃嫂母女。恰宦玉兰也在,她便做了个主:"潘嫂跟田园也很久没回家去看了,晚饭什么的都交给我吧。"说着朝书房喊:"老陆,哦?"

"嗯。"陆先生还是不出来。外人只当他还是像以前一样疲于应酬外人。只有蟠桃嫂知道——当着外人的面承认自己有了恋情对他来说是很难堪的事。

蟠桃嫂说了声谢谢,解了围裙护袖带上田园跟着她男人走了。母女俩在摩托车上一前一后地夹着田园父亲。蟠桃嫂闻见了她男人身上的汗味,她给陆先生收拾床铺洗衣裳,习惯了他的体味,自己男人的味道倒闻不惯了。

渡河时,蟠桃嫂又想:这一晚宦玉兰和陆先生会如何过呢。唉,还不是最家常的方式。按他们文人的说法,就是最俗套的方式。

果不其然,第二天她返至陆家,洗衣服时发现内裤上有些斑渍。她本能地撇过头去,像是直视了他精光的裸体。浴缸昨晚也用过了,他一向只拿淋漓头冲一冲的。

她又抬起头看了一眼院子,陆先生正在浇花,还是往常的样子。

下午,宦玉兰又来了。蟠桃嫂几乎是脱口而出:"你不上班了啊?"

宦玉兰先是略惊了一下,后又笑着说:"馆里闲得很,应个卯就行了。"说着,娴熟地把头上的一顶系着白色蝴蝶结的草编宽檐帽摘下来顺手挂在门边的衣帽架上,然后就进了书房,又掩上门与陆先生说私房话了。

蟠桃嫂真觉得瘆人。换作是她，皮肉相见不到二十四个小时，怎么也没脸见面的。这就又堂而皇之地来了？隔个三五天要了命了？

黄昏时，蟠桃嫂几番暗示，她居然都开始光明正大地回答了，什么"老陆缺个人"啦，什么"我们性子投"啦。声音又大，蟠桃嫂不信书房里绝对听见了的陆先生脸是不红的，她脚一钩带上了厨房的门："油烟要蹿到客厅了。"

当晚，宦玉兰仍旧住在了这里。好在有黄昏的交流打了底，蟠桃嫂也并不觉得是意料之外的事。田园却显然很兴奋："他们两个睡一床？"

"你烦的神多呢！睡觉！"

"是不是吗？"

"你要不要去看一眼？"蟠桃嫂没好气地说。

田园下了床趿上鞋子真要去了，蟠桃嫂一把揪住她："再废话啰唆的我要你的命。"

再过了几日宦玉兰带着皮箱来了，蟠桃嫂朝那只咖啡色的箱子略瞥了两眼没作声。不过晚上宦玉兰又带着皮箱走了，是因为和陆先生吵了一架。

蟠桃嫂在外面听到的是陆先生起的头，或者是陆先生的嗓子先扬起来的："你不要指望！"蟠桃嫂颇觉意外。

"我就晓得你心不诚。"宦玉兰也咋呼了起来。

"我是心不诚。钱的心诚，你和钱过吧。"

真是为钱？还确实上了龙家保姆的话了。果然进展太快就会措手不及。

"我说是钱了么？我是气你不告诉我。"

"我为什么要告诉你？你是谁？"

顿了半天。

"我太傻了。"宦玉兰转成了哭腔。

"你还傻？"

蟠桃嫂笃笃笃地切着菜，心里念着——不关我事，不关我事。

宦玉兰拉开了门，提着她的皮箱走了。

蟠桃嫂够过头来看了她一眼，心想：箱子看上去很沉，大约装着所有必要的家当，这么拖来拖去的，白浪费了一趟手劲。宦玉兰好像听到了她这想法似的，也掉过头来看了她，眼神幽怨，像是怪她没去拉架。蟠桃嫂又直愣愣地看着她，心里还是念着——不关我事，不关我事。她但愿宦玉兰还能听到她心里的话。

宦玉兰走了。

蟠桃嫂以为陆先生要吃不下晚饭了，谁知却有很好的胃口，还又斟了几盅，蟠桃嫂只好陪他喝一些。田园来捂她的杯口，蟠桃嫂说："不要不懂事。我就喝一点。"

喝着喝着就不止一点了。陆先生突然说："哪有我这样的初恋。全世界都没有的。太吓人了。"

蟠桃嫂帮田园盛了饭，说："去房里吃去。"

田园阴森森地看了她一眼，那架势的含义是——我要告诉爸爸。

蟠桃嫂管不了那么多了。

田园走后，陆先生说得更露骨了："我才傻，根本不懂感情，不懂女人，何必自讨苦吃呢。你说是吧，蟠桃嫂？"他猛地改了口径喊她蟠桃嫂倒把她吓着了，醒了三分酒。

"慢慢来吧，不着急。"

陆先生点点头，惶惶地笑了。大抵在心里想：对啊，都已经人到中年了，干吗着急呢。后来他彻底醉了，蟠桃嫂扶他回房休息。澡也没洗，身上黏嗒嗒的。她自己回房时，一开门猛地撞到了门口的田园。竟一直在偷听。

宦玉兰隔了很久没来，陆先生才活跃些的人又变回了以前沉沉的性子，凡事不作声。一天下午，宦玉兰又来了，蟠桃嫂开了门，她又站在门口不进来，双手交叠着，很拘谨似的。

"里来坐啊，他在书房写字呢，我喊他。"

"唉别。"

"嗯？"

"我就是来问问，他还好吧？"

蟠桃嫂朝里头张了张，说："蛮好的，和以前一样写字画画。"

"那就好。"

"你呢？"

"我也还好。"

"怎么好久没来？"

"孩子上小学了，操心呢。"

"其实不得什么！把话说破有什么呢！"

"潘嫂子，我真不晓得他为什么这么误解我。一句辩解的话都不让说。"

蟠桃嫂见她要哭了似的，止住说："算了算了，都过去了。"
她见陆先生到现在也不出来，知道是要和她断了，便又说，"锅还
烧着呢，我得看着去，还是进来说吧。"

"不了，我就走。"

宦玉兰走后，蟠桃嫂一回头见陆先生倚着书房的门怔怔望着大
门口。

蟠桃嫂心里总有个比方，觉得他像是在壳子里缩久了的蜗牛，
肉体湿湿润润的。可他出来得急了，整条身子都探了出来，外头漫
天的风尘，针尖一样刺人的日光会把它炮制成干尸。

她以为陆先生和宦玉兰算是完了，可有一天，陆先生却进了城
去，一个招呼也没打，隔天下午才回来，一回来就进了房间睡觉。

蟠桃嫂轻轻敲他的房门："午饭吃过啦，锅上还跟你热着呢。"
陆先生没答应她，她也就不问了。

她估摸着是死灰复燃了。那么宦玉兰总是要来的，却一直没来。
陆先生也没有再往城里去，偶然间出了两次门，好像是去诊所，因
见他回来时提的塑料袋上有红十字符。起先蟠桃嫂以为是伤风感冒
了，后来陆先生突然不让她洗衣服了，她才起了疑心，整理他的褥子，
闻见被窝里一股药膏气，才知道是隐疾。想那一晚出去，并不是和
宦玉兰，恐怕弄脏了身子。

这时候的她并没有瞧不起陆先生，反而有一种深挚的怜悯自心
底升了起来。她知道他不想叫她知道。因为她算是他的亲人了吧。

在外人面前丢脸总是强于在亲人面前丢脸的。后者是最痛苦最要不得的难堪，一点点自尊都剩不下了。她就权当不晓得，一切听他安排。又没有全部归顺，该她自己劳烦的她还是自己劳烦，怕"太顺"他还是会看出来。

田园下学回来了，在屋里嚷："快去跟我买彩纸，老师叫我们做剪贴画作业呢。"

"自己去。"

"不得钱。"

蟠桃嫂摸出一块钱给她。

"一块钱能买什么东西啊，只能买两种颜色。"

"一红一绿吗，剪个花啊草啊的够了唉。"

田园气呼呼地拿过钱准备出门。

陆先生突然在屋里叫住了她："田园啊。"

"我当时愣住了。"田园说。

仲夏把她额前的刘海修得整整齐齐，拿尺子量大概都没什么误差。田园说陆先生平时从来没叫过她，她一般回去了就自己在房里写作业。突然一下子叫她，她感到很奇怪。

田园走到陆先生房里，见他站在凳子上，从吊柜里取出来三四沓彩纸，每一沓都有五六种颜色。红色的那种还亮闪闪的，似乎是有一层金粉。

"老师让剪什么？"

"随便。"

"你想剪什么？"

"剪一所房子。"

"好啊，房子好啊，我这里宽敞，你就在这剪吧。"

田园就迷迷糊糊地坐下来了，先在纸上画，画完了沿着轮廓剪。陆先生问她："这支出来的一块是什么？"

"烟囱。"

………………

陆先生看她专注，也就没再插话，慢慢地退了出来，蟠桃嫂烧完了饭，洗净了手，静静地注视着他。

陆先生笑了笑，像个答错了问题的学生，说："我要是有这么个小姑娘就好了。"

"会的，会的。"只能这样潦草地安慰吧。

陆先生往院子里走，逆光的身子像是泡在水里的一块朽木。就是从这个时候开始，蟠桃嫂下决心，一定要给陆先生找到另一半，以一种老者死前安排身后事的心态。

"我不晓得她想干吗。人家本人都没她那么着急。"田园对她母亲的心态如是评价。

"她也是望他好啊。"桑枝先后用潮抹布和干抹布清洁镜子边上的洗发水渍，听见田园这么说，插了一句。

"非亲非故的做的什么倒头媒！我爸又要说她了！"

"你听听这老人果子的口气！"桑枝说。白螺一带习惯称田园这样的小大人作"老人果子"。

"本来就是。他自己也不想找了。"田园说。

　　陆先生确实不是很想找，尤其是蟠桃嫂托人介绍了两个来没看得中他之后。那两个，头一个是渔网厂的女工，男人出车祸死了，留下个小子，年纪也有四十了，按说本是能成的，只是后来深入了往下谈时，她妈妈老子突然不知好歹地闯了出来，张嘴就是三万彩礼。蟠桃嫂把这话说给龙家保姆，请她评理。龙家保姆哈哈大笑："别说是人了，就是东西，二手的也该是二手的价钱，这些老东西真是霉了！活生生的老霉神。"

　　第二个是个老姑娘，三十好几了也没嫁得出去，因高不成低不就。她家里人倒不问，说男人大些就大些，只要人好，人稳重，就成。可是这女人自己挑剔，嫌陆先生闷，嫌他不会说话。又"另眼相看"，对蟠桃嫂和他的关系有"高见"。蟠桃嫂生气，又把她请走了。

　　陆先生说："算了，半辈子都过来了，再过上一遍也就到头了。"末了又叹了叹，笑笑又说："还不知道能不能再过一遍呢，说不定再过个三分之一，四分之一，就到头了。"

　　"嗐咿，瞎说什么呢，不作兴的。"蟠桃嫂朝地上呸了几口。

　　便还是再接着找，心里有源源不断的动力，保证她不到黄河不死心。可天就是这么绝，说找不到还真是找不到，就是找到了——不是这里不圆就是那里不润。龙家保姆冷眼瞧着她这么忙进忙出的，冷不丁一开口："老嫂子，这不现成的一个在眼前么？"

　　猛一下蟠桃嫂还没会过意来，咯噔一想，骂道："你嚼蛆呢。"

　　龙家保姆只笑。

　　傍晚，她在井边洗菜，陆先生在房里吩咐："潘嫂，做个青菜百叶烧虾米吧，青菜汤吃久了嘴里没味。"

"好，家里现成的百叶跟虾米。"

蟠桃嫂当时忙着手里的活计没在意，后来在锅上烧菜的空当里静了下来，才想起那是陆先生第一次在菜式上有了自己的主意，这种"要求"虽是"要求"，却似乎倒比平时那种"礼遇"来得没有距离感，因为"亲近"才不拘礼。

等到六点钟，田园还没回来，蟠桃嫂一面骂道："疯婆丫头，不晓得又上哪块疯去了。"一面向陆先生说，"我们吃唻，等她做什么。"

正说着，田园来了电话，说在同学家吃了。蟠桃嫂持着电话嘴上虽骂骂咧咧，说她总上门讨人家的嫌，心里却有些忐忑——只余下她和陆先生两个人一桌了。

陆先生明显也有着同样的担忧，筷子有些不听使唤似的，夹来夹去也不知道夹的是哪块菜。蟠桃嫂大大方方地夹了一块给他："恐怕有点个咸了。不怪我啊，这盐不大好，底下的全部都是盐团子，一样的分量烧起菜来齁死人了。这……"话说多了，也显得心虚，便戛然而止不再说了。

有一刹的寂静，听见隔壁遥遥传来龙家保姆的声音："……啊？哪儿这么容易。难唻，太难了……"

陆先生忽然叫她："潘嫂。"

"唉？"蟠桃嫂缓缓望着他。

四目相对了一气，却又什么话都没有了，他又埋下头去吃饭。

无声的语言就他们来说已经有了读懂的默契，无须多言了，多言也是无益。沉默，并且持续沉默，按着现下的格局和姿态往下沉默地行进是保险的选择——算不上智慧，但起码是保险的。

太阳渐渐地沉了下去，因为厨房里的光线一点点地暗了。蟠桃嫂开了灯，在灯下补护袖，它被火苗烧了一个小口子。要不是蟠桃嫂及时捂住，这化纤的料子易燃，连着就能烧到衣服了。丝线长长，在布之经纬间来来往往地穿行了片刻就入了夜。月亮又升起来了，它会低低地穿过窗户，照着陆先生刚刚出炉的《孤凤图》吧。那羽毛被朱砂藤黄、被三青三绿染就，在月光里熠熠生辉，仿佛就要腋下生风，御月而去。可它能飞到哪里呢，这清冷的世间游转再多时日依旧是清冷，山高水长，斗转星移，还是只能飞回原地，做永久的栖息。

他的老泪要打湿凤鸟的眼罢，晕成一个无声无息的涟漪，只他自己看见过。

隔天，双鲤巷那边又有了回话："蟠桃嫂，小谭还是嫌他大了些个。别抱怨人家反悔啊，我凭良心讲，确实是大了些。"

"嘻呀，姐姐你说的什么话，承你一片情，能答应跟我找就是万幸了，我还抱怨？你再跟我留意哦，有合适的我们再说。"

"是呢。"

她挂了电话。里面刚刚随来电停顿的毛笔继续扫过宣纸，沙沙地响了起来。时日长了，蟠桃嫂也懂了一点，心想：估计是一幅大写意吧。

剪完了头发，田园前后照了一圈，闷闷不乐的。

"别不高兴了，你这个年纪，半个月就长长了。"仲夏安慰她。

"有什么不高兴的。长长了还不是要剪。"

"长长了当然要剪，不该留的就是不能留。"蟠桃嫂来了，笑着说，"难为阿夏了，你细微，给她剪了这么半天。"

"你怎么又来接她？"桑枝问。

"谁接她？我到前面泡桐树街上接个人，外乡的，摸不着门。"蟠桃嫂转过去对田园说，"赶紧家去吧，先把作业写好，桌上的菜是留给客人吃的啊！敢偷吃我把你个手敲断掉。"

外乡人？不知又是怎样的一个女人了。

○

红毛丹歌

| 五月初二　芒种　晴 |

　　尤琪的头发保养得很好。他闭着眼睛，嘴里喃喃自语："阿夏，苏城你也常去，知道那里是什么情景。美发厅里随便走一趟也是十几二十的交易。你手艺这么好，进点好的洗头膏，涨价又有哪家会说呢。"仲夏笑了笑，又屏住呼吸仔细地修剪着他的双鬓："街坊四邻的，怎么好意思。"

　　"桑枝呢，怎么不见？"

　　"宋老太给她介绍了一个人，我妈领着她去看了。"

　　"桑枝也大了啊。"他在外面漂泊了很多年，人还没上岁数，话音总是显老。

　　"可不是，你做舅舅的人倒赶不上外甥女了。"

尤琪母亲也姓郁，排"有"字辈，叙起来也还是沾点亲的，阿夏妈就唤她老姑。尤琪也就长了他和桑枝一辈。

尤琪笑了。

"别笑啊，摇头晃脑的，回头剪坏了。"

"剪坏了就剪坏咯，在家也没人看。"很解气很放松的口气。

他这一趟回来是给家里头帮忙的，芒种节气正是白螺一带割麦栽秧大忙的时候。仲夏笑问："这些事你哪里做得来，一双手嫩得鸡蛋白似的。"

围布底下，尤琪把手抄进了口袋里。这是泄天机的手——哪有他这么大的男人还有这么一双养尊处优的手，做的又是什么营生。

"稻子要选苗，麦子割了要联系北边的买家，进进出出的账总要有人做的。"他家姊妹四个，余下的都是姐妹。要不是他妈妈老子百年归后这钱分文不落全部进他的口袋，他哪里要烦这些神。或许也不是这个缘故？他在苏城别的世面没见过，钱的世面可见得多了。他们这么点钱，指缝里漏漏也就没有了。况且他回来，他二姐是一定要来借钱的，老妹妹又会怂恿他带老妹夫到苏城去做他之前在他们面前一笔带过的"大生意"。

"滴滴。"尤琪呼机响了。

仲夏停下来了。

"没事。"尤琪说。

"里面有电话的。去回吧。"

"没事，你剪你的。"

还能是谁呢？树玫、佩莉还是曼华？抑或是那个蠢钝的澳洲胖女人？

　　他回来的前夜，树玫拿了两万块钱给他，此前五月底她刚给过他五千。她也看出来他有"一去不复返"的心思了？他说不要。树玫说："给你你就拿着，拿的时候手不要抖，心里不要慌就行了。"他心中有愧，她自然一语双关。树玫给钱从来都是从银行现提，新崭崭的连号币，摸在手里像是宫廷贡缎。树玫坐在灯下抽烟，乱蓬蓬的头发又到了该烫的时候。她生得自来美，不描眉不擦粉，也就好做个头，也就讲究个头发罢了。她抽了两口心里不舒服，掐熄了，说："你回去也把头剃了，我就欢喜平顶，男人家长头发始终流里流气的。"好像过不了多久，他还会回来给她看他的新发型似的。

　　树玫见他还把一沓钱放在手里盘弄——用一只手握着拍打另一只手掌，就说："要不你点点？我也是从银行拿了就给你了，我也没点。"

　　他不说话，把钱收起来。

　　树玫进了洗手间刷牙，遥遥地问："几点的车票？"

　　"十点半。"

　　"这么晚？我就说要老张开车送你的！"

　　这时候竟又嫌他走得迟了？他始终不懂她。她不过怕他十二点之前不到家会饿。等到他懂她的时候，已经太迟了，他待她真的没有她待他万分之一的好。

　　"不用。"他这样的人哪里能大张旗鼓地回家去。多不好看。

　　他上了床，电视里呜呜咋咋地放着台湾的一部言情剧。树玫洗漱完毕也来看。一集将毕，树玫说："早点睡吧，明早还要早起。"
他明明是十点半的票。

他特意没穿睡裤，她竟叫他早点睡。有时候他很不明白她为什
么要跟他好。难道不是为了这些？他也没什么可以给她的，唯有这
个，她却也不要了。他们又不是恋爱，不过是交易，交易就是以物
易物的过程。他拿了她的，她却不要他的。他这才觉得自己是个弱
者——只向别人伸手，等待别人施舍。姿态，是蹲着或者双膝跪地
的那种样子。

将眠未眠时，尤琪听见树玫在枕边哀叹："我都把汪汪送人了
它还晓得溜回来看我一次。"

他立刻醒了，翻身起来预备穿衣服。树玫却没作声，没开口留
他。他的动作又缓慢了下来，想自己要是一气之下跑出去还真没处
去——昭阳路的房子退了，佩莉又和他恼了。

树玫也起身了，到外间倒了一杯水喝："你要么？"

尤琪没答应他。

过了半晌她也没进来，尤琪出去看了看，却见她在灯下流泪。
默默地，无声无息地，像是略微有点抽泣声这些沉睡中的地板、毯子、
桌腿都会听见，然后笑话她一样。

她这么要强的人，男人死了都没哭一声，顽石一样屹立着把他
要倒闭的产业又撑了起来，把儿子带大，一直供到国外去硕博连读，
这会为了一场不三不四的别离而哭，不是很荒唐么。

可女人有时候真的不能在乎荒唐不荒唐。不荒唐就是恪守这个
世界的法则，是隐忍，是束缚。隐忍束缚得久了，这人生也就没了
乐趣。索性荒唐一会儿，像是拿锤子砸碎一面完好的玻璃。

树玫是生意人，凡事爱用"值不值当"来衡量。尤琪知道她此刻是在冥想和感叹——跟他厮混的这几年到底"值不值当"？恐怕确实是不值当的吧。他自己都觉得自己很"抠"。有汲取，没有付出。

树玫和佩莉她们不同，她男人要是没发生意外，她一定是个模范妻子。他们刚刚在一起时，他初出茅庐，她也是情场新人，因为都背负着一点罪恶感，所以也没有谁瞧不起谁，没有谁怪谁放不开的，就这么扭扭捏捏慢慢吞吞摸索着好起来了。后来树玫说："要是你真是老手我也不会找你，我丢不起那个人。"

那年夏天，树玫给他在昭阳路租了一套房子。她事先没告诉他，等到了目的地，她一重重地推开门，他才对着满目家珍，有了一种"香巢初垒成"的感觉。那一年树玫四十三，他二十四，只比他儿子大两岁。

树玫儿子就在苏城念大学，平日里都在学校住读，周末回一趟家。可是树玫也只是周末能清闲片刻罢了。尤琪第一次去她家是他自己拿的主张，没经过树玫同意。开门的是树玫儿子，他倒也没慌，装成是她公司的部下。树玫也惊了一下，但很快进入了角色配合着他演了一出戏。

尤琪如坐针毡，倒不是为别的，实在是树玫儿子一口一个"大哥你喝茶""大哥你吃苹果"让他非常不安。树玫看上去也很觉得这很污秽，他只好匆匆说了几句就走了。

晚上还是在法伊雷尔大酒店开的房，树玫一边在他身上颠簸一边骂他："你真是吓死我了。下回再这样一声招呼不打我就撵你出去哦。梵梵要是看出来会恨死我的。"

尤琪一开始还有点不高兴，后来想了想又释然了，那是她的亲生儿子，她这一生都是为着他的。他呢？不过是她壳里的一只寄居蟹，拥有的，只是这"一身"。因为悲感到极致，蓦然就兴奋得不行，立即一百八十度旋转，反客为主，驰骋起来。

事后树玫去洗澡，洗完了坐在马桶上抽烟，征求他的意见，说："给你个差事做吧？"

"啊？"

"桥北的仓库你去帮我盯着点吧。最近货总是不对。"

尤琪眼前立刻浮现出一个空旷的大房子，尘埃在阳光里飞舞，水泥浇的地面粗糙不堪，磨着脚底。他笑着问她："没说叫我去给你管账，倒把我支那么远。"

树玫出来了，揉着自己肚子上的赘肉，说："管账也行啊。你会用电脑啊？会打字啊？会造电子表格啊？"

他一下子把她拉上床："我才不要做什么差事呢。我把你这个差事做好了就行了。"

可就是这唯一的差事他也没做得好，很快又在俱乐部搭上了佩莉。连着两周树玫没来他这里，他慌了。树玫是他生活里唯一的一点热乎气，她不来，他怀疑自己是个死人。他和佩莉好倒不是喜欢她，是想气气树玫。佩莉生得也不好看，两只眼睛细成了一条缝。她自己却总还自豪："外国佬就喜欢我这种。"尤琪心想，我是中国人。尤琪喜欢的是典型的中国式女人——柳眉杏眼樱桃嘴，身材不干枯也不肥胖，要的是"微丰"。腰若小蛮，脚若金莲。最重要的是肤色，一定要白。佩莉在这一点上比树玫强，她自己也总是笑着说："一白遮百丑。"总之是个极爱自夸的人。她勾着尤琪的下巴，涂着美国进口唇膏的嘴唇"啵"就是一亲："你不夸我，那我只有自己夸自己了呗。"

佩莉用钱也算大方，只是比不得树玫。她这钱不是自己挣的，也要向别人伸手。有一次他们去超市，路过白於寺的时候，佩莉朝右边的小区指了指，说："他家就住在那。"

尤琪张了一眼，是省军区的住房，旧旧灰灰，让梧桐树的伞盖挡着，像是藏着锐气，叫他想起"老骥伏枥"这个词。佩莉说："他说住在这，有士兵护卫他习惯了，每次上我那里去总觉得提心吊胆。我心里好笑——你是个什么了不得的大官，恐怖组织要来袭击你？还是她老婆精明罢了，不肯换房子，攒着钱给自己买好坟呢。"

背地里她自然口无遮拦，尤琪知道她心里还是怕她那位。不然的话，每次和他在一起见到"军"字开头的车牌号为什么总是习惯性地坑下头？但尤琪和她在一起还是愉快的。

一来，佩莉不像树玫只在周末有空，她有大把大把的时间可以陪他，他一"想"，就立即可以。几乎掌握了一半的主动权。有了这种直爽的体验，他真为自己以前那种"星期天定时发情"的模式感到好笑和羞耻。二来，古话里有——妻不如妾，妾不如妓，妓不如偷。树玫不是他的妻，可比起佩莉，树玫在他心中更官方，更有分量。他和佩莉在一起，就是施行这个"偷"字，而且是小鸡偷老鹰的食，岂有不快之理。

他一开始和佩莉在一起的心就不诚，是为了气树玫。佩莉同样不是省油的灯，也不过就是和他走走过场。她三十一岁，也到了该嫁的年纪。自然是不指望尤琪这种人会娶她的——她还养不起他呢。她前一阵子回老家的时候相中了一个人，在多伦多做家居生意，大她一岁，正准备和洋老婆离婚，他们有对混血的双胞胎，估计两人一人带一个。佩莉正等着他的信。

她找尤琪是因为听了女伴的话，想吸他的阳气。

这还得从买衣服的那一天说起，那天她姐姐姐夫都忙，把外甥撂给了她。她去逛街，也只好带着孩子一起去。在贵德商厦试衣服时，外甥直嚷着橘红色的那一款更好看，营业员开口就是："你儿子多大了？有眼光呢。"起初佩莉也没生气，却越想越生气。外甥十一岁，她三十一岁。难道很像母子，难道她给人一种二十岁就生育颓谢的感觉？

女伴说："叫你不要再跟那个老头子了。把你的年轻气都吸走了。"

佩莉厚厚地腻了一层粉，问："那怎么办？"

"你再找个更小的，照法补回来。"

她和尤琪过了一个月，每天都照镜子，看看是不是奏效了。到了月底，似乎并没有什么变化。而且因为两晚觉没睡好，眼皮子底下的乌青倒又扩了一圈。后来翻时装画报，看到美容专栏的一个标题，叫"最是人间留不住，朱颜辞镜花辞树"，心有所感，才觉得悲凉。

好像吃了假药一般，佩莉为此冷了尤琪两日。好在尤琪没把宝全部押在她身上——树玫察觉到了，使出了"金屋藏娇"的板斧，和他在昭阳路整整厮磨了两日。

树玫给了他一张名片："房子里要是还缺什么，你就给他打电话。"

尤琪一惊，似乎她把他们的事都对外公开了。树玫自然没有，可是她手底下是有一两个人知道的。证人一般的存在。为着不让他随随便便地跑掉，为着让旁人捉一点他们相好的把柄。或许把柄对他这种蝇头小卒所起到的作用不及对她，但她宁可玉石俱焚也不会让他在"想来就来，想走就走"这一点上得逞。

佩莉在电话里笑话他："是金屋是监狱还说不定呢。"

尤琪自己看得开——这世界、这场人生就是个大监狱，大的他都不惧，还怕小的?

树玫一周里有两三晚是在他这里宿夜的。尤琪找着了规律，多是周三周五和周日。那么剩余的几天，佩莉就来了。"啧啧啧，老女人是挺有钱的。"

"废话。"

"前前后后你拿了多少?"佩莉勾着他的脖子问。

"替我管账?"

"替你投资!"佩莉说，"我姐夫他们有一个钱滚钱的去处。"她是说高利贷。

"滚到最后就不知道滚到哪了!"尤琪用梳子蘸着摩丝拢了拢头发，饱鼓鼓的侧分上是一道一道的齿痕，像是西瓜虫的背部。

对于钱这种事，对于佩莉的话，他还没到那种迷糊的程度，他们再好他也不会到那种程度的。佩莉其实也清楚他的特性，不过看能不能瞎猫碰上死耗子罢了。

佩莉在浴室洗澡，水声哗哗啦啦地，她的话不很清楚："老女人是真的喜欢你呢……自己的香波浴液都是丑的……你的就都是好的……亲妈呀，这种也能用？"

尤琪斟了点红酒在窗前自饮："做给我看呗。"

佩莉出来了，感觉声音一下子大了起来："那你就是说我懒咯。"意思是——是说我做给你看的心思都没有？

第二天早晨极险，佩莉刚走五分钟，树玫来了，在街角照面了也说不定。树玫进门后尤琪反倒不担心了，因为梳子上佩莉的黄毛他早就清理掉了。

"回来拿东西啊？"他听见树玫在隔壁翻箱倒柜的。

"我是不是有个档案袋落在这了？"

"在书橱第二层最里面的格档里。"

树玫最喜欢他这一点，细心，东西收拾得上条规。树玫拿上之后到隔壁来踮着脚尖亲了他一下，脸上却是轻微的苦意："下午怎么安排？"

"陪朋友去江北上牌照。"

"女的？"

"嗯！女的！"他镇定地看着她。

树玫憋了半天还是笑了出来，在他屁股上狠狠地扇了一下，拎上包走了。

尤琪不是喜欢探秘的人，档案袋只有一根细线扣着纸环他也没去动。因为不感兴趣，也因为清楚自己的身份。他打开那只档案袋是在医院偶遇树玫之后。

树玫在走廊里看到他时，本能地把身子往旁边一闪。他走上去把她腋下的档案袋拿出来看，诊断书上写她怀孕两月多。她刚刚做完手术。

医院阴沉，走出来时，白茫茫炫目的日光让他们站不住脚。树玫见他打出租，便说："我自己能开的，我就是开过来的，在对面超市门口呢。"

尤琪不说话，面无表情地拉开出租车门。

晚上，他给树玫煲汤，树玫起初说喝不下，想想还是喝了。尤琪突然伏到她怀里放声痛哭起来。树玫也没安慰他，就让他结结实实地哭了一阵子。哭完了，尤琪要起来洗碗，树玫不让："你别走，就把头搁在这，暖洋洋的，肚子好受呢。"

树玫问："今天几号？"

"二十六。"

"还有两天咯，还有两天梵梵就走了。我身边就剩下你了。"

"他是后天的机票？"

"嗯呐。你不会哪一天也跑掉吧？"

"要跑早跑了。"

树玫冷哼了一声："说得俏正呢！说不定哪天就溜掉了，去找女朋友，去结婚，去生孩子。我给你打个电话你都不敢接。"她遥遥看着窗外，夜空之上有纷繁的星斗在闪耀，像是一大帮等着尤琪的年轻女孩子。

"我要是结婚也是你不要我了。"尤琪把玩着她睡衣上的系带说。

"你想结婚啊？想的话我给你介绍。"

树玫早前就动过这个心思，想着给他介绍个苏城的女孩子，介绍给熟人，日后还能有机会再说上话。只是他这个条件，除了貌相，能被挑刺的地方太多，周正的人家瞧不上他。女孩子家世貌相太差，他也未必瞧得上。他别的没有，眼界还是有了一些的。

隔天晚上有人敲门，先前他叫佩莉这几天不要往这里跑的，尤琪就以为是树玫。一开门却是梵梵。很像他那次唐突的造访。他心里一骨碌地酝酿出了很多解释的话。但是梵梵张口就是："我妈就交给你了。"于是什么解释的话都不用他再说。

尤琪给他倒茶，给他切水果。他礼貌道谢却一口没动。

梵梵说："我妈不知道我知道，你也不要告诉她。"

尤琪问："那你怎么知道的？"

梵梵想了想说："她是我妈，我是她儿子。"

尤琪的心被细针扎了一下。

梵梵说："我让我舅舅劝过她，可以再找一个。她在意我，一直没找。其实身边有个人要好很多的。不说别的，突然有个头疼脑热也能有人端茶倒水服侍她。"

尤琪见他说到最后眼睛有点雾蒙蒙的，打岔递了一支烟给他。

"我不会，谢谢。"梵梵又问，"她今天会过来吗？"

"应该不会吧。你明天就走了。"

梵梵若有所思地点点头，站了起来："那我先走了，千万别告诉她我来过。"走到门口又停下来说，"我就是想她身边有个人。是什么人，多大，这些都和我没关系，都不重要。重要的是她。"

佩莉后来听他说了这事，便问他："你被感动了？那你还上我这来？"

尤琪窝在沙发里看租来的影碟。佩莉走过来，对着客厅的镜面墙照了照才买的裙子，说："要我就扇这小子两耳光，一点血气都没有！"

尤琪不搭理她。

"儿子也走了，老女人还给你空闲？"佩莉又问。

树玫去顾城出差了，一个电话都没有，尤琪怀疑她是不是在那边也有人。佩莉说："狡兔还三窟呢。"晚上佩莉带他去了一家新开的娱乐中心。尤琪就是在那认识了曼华和澳洲女人克里斯汀娜。佩莉老远就笑着向曼华敞开了怀抱："亲爱的，你都回来这么久了，到现在才喊我玩。"

曼华出身不好，是靠"卖"起家的。后来攒了点钱，和人合伙做黄金生意，那两年也巧了，正赶上看涨的好时候，赚得盆满钵满。后来去了澳洲，听说规模又大了。曼华自己看上去倒不大喜欢黄金，戒指和手镯都是银的，她说银饰拔毒。她说这话时，两根本来略带愁意如同虾须的细眉都要挑到脑门顶上去了，倒显得很滑稽。

佩莉说："你杨曼华本身就是个毒物，还拔的什么毒？"

曼华介绍克里斯汀娜给他们认识，是她生意场上的伙伴。克里斯汀娜看上去大概在一百六十斤开外，眼影重得已经看不清眼仁儿在什么地方了，对着尤琪张嘴就是一口地道的普通话："我请你喝啤酒。"或许还裹挟着一点苏城的方言口音。

佩莉对尤琪耳语："幸亏没当着她的面骂。我刚才还想和曼华说——怎么带了一头侏罗纪来玩。"

先是跳了一会舞，尤琪说不想跳了，便开了房间打牌。实际上是他和克里斯汀娜跳舞的时候她的手一直乱动。

佩莉想打麻将，曼华要打桥牌，便问他们俩的意见。克里斯汀娜自然是想打桥牌的，毕竟要玩钱的。尤琪也说打桥牌。佩莉白了他一眼，又白了曼华一眼，说："哟，曼华，你功力又见长啊。"

曼华摇摇头，不知是谦虚还是听不懂。

曼华刚开始就输了个昏天黑地，也没什么心思打了，常常偷瞄尤琪，就这么优哉游哉地打了会，倒又刨回来一些钱。曼华问："最近见过荣赫没有？"似乎是她以前的恩客。

"他还有脸出来见人么？老婆被他打成聋子了，儿子也气得离家出走。亏是你后来没跟他，不然家破人亡的就是你了。"

"不是说他叔太爷回来帮扶他了么？"

"屁，给他一百万，一千万，一亿，他也有本事几天之内就给你败光。帮扶他？眼睛长到脚底板下面去咯！"佩莉的脑袋鸡啄食一般地往空中勾欠了一下。

佩莉像是想起了什么似的，猛地朝尤琪看了一眼，吓了他一跳："又怎么啦？"

散场时，曼华在昏沉的楼道里塞了一张纸在尤琪牛仔裤屁股后面的口袋里。是从啤酒瓶上撕下来的瓶贴，她的电话号码写在反面。

尤琪不敢装作不晓得，忠心耿耿地拿给了佩莉看。佩莉倒没有生气，哀叹说："荣赫以前对她最好了，出去旅游千不记得万不记得，她的手袋总是记得买的。她没别的爱好，就是喜欢收集手袋。我同她说，肯在女人身上用钱的男人不一定就是真的对她好。她说这话也许在别的女人身上是对的，在她身上就不对——她这样的女人，男人不拿钱爱她拿什么爱她？荣赫现在没钱了，倾家荡产，一败涂地。你长得这么像他。啧啧啧，瞧瞧这薄薄的下嘴唇。她看到你的第一时间就一定想上来吃一口了。"

尤琪不知道佩莉说上一车话是什么意思。但显然曼华单独约了他之后，佩莉并没有表现出生气的情绪。

下午三点半的杏林路是冷清的，人都在上班上学。曼华早早地到了，点的黑咖啡，没有加糖，直到最后要走了才用勺子剔了一小撮方糖和了和，说："人啊，苦要吃在前面。急着享福往往没什么好下场。"尤琪不知道他们素不相识，她为什么要说这话讥讽他。或者，那个叫荣赫的人就是她所说的先甜后苦？她怕他重蹈覆辙？

曼华问他，佩莉打算和老男人走到什么时候，为何还不为自己筹谋。说得她现在好像有个非常幸福美满的家庭似的。尤琪说："我不知道。她不会和我说这些。"

"她要是和你交心，就一定会和你说的。"渐渐地有些挑拨离间起来。显然在这一点上没有佩莉大度，或者比佩莉较真。

尤琪说："那你和我交心吧，跟我说说荣赫。"

曼华先是微怔，后来又不好意思地低下头，嘴里小声骂骂咧咧地："褚佩莉这个贱壳子，自己的事不操心，别人的事她说得欢呢！"又警觉地抬起头，问，"她还说什么了？"

"不告诉你。"其实他也不知道什么了。

曼华最后终究没说她和荣赫的往事。让人哀伤的事都显得沉重，重重地挂在嘴唇上，再也掀不起来的。尤琪也没难为她。

窗外的人流稠密了起来，曼华嫌吵，带他去湖光大街一家僻静的海鲜馆子吃东西。

中途树玫呼了他。曼华以为是佩莉催他，当即就说："这才几点啊，要借也要连着晚上一起借给我啊，褚佩莉这个贱壳子越来越小气了。"

尤琪怕树玫提前回来找不着他人，笑了笑就匆匆去回电，谁知却还在顾城，只说突然想他了。调笑了几句，依旧面不改色地回到桌上来和曼华吃虾子。你剥给我、我剥给你地吃完了虾子就顺便在这家餐宿一条龙的饭店开了房。

佩莉的那个老男人到底道听途说地发现了他们的事。

佩莉说："我以为他要打我的呢。吓都吓死了。"

尤琪问那后来怎么着了。佩莉说也没怎么。他那种身份的人，为了这点子鞋面上灰似的事打女人，传出去不好听。

但佩莉显然已经着手撤离了。她去找曼华，放了一笔钱给她做黄金，定了五年后分红。曼华没推辞，佩莉倒又担心了，问尤琪：

"她并不缺钱的，倒收了我的钱了？是不是蹊跷？"又叫尤琪打探一下她近来的生意，怕有变数。尤琪劝她："你是坐船怕船底有洞，行车怕钉子扎胎。这么个心态，钱放在哪里都会有事的。"

树玫回来了，没觉察出什么异样，只是尤琪自己心里不自在，总担心说错了话，好在没有。树玫回来有一堆事情急着处理，只在他昭阳路这里留了一晚。隔天煤气坏了，打了楼道里小广告上的电话请人来修，说了几句话，师傅问他老家是哪里的。其实尤琪打电话时就听出他的口音了，笑了笑没作声。对于他这样身份的人，对于他这样在老家掩盖了身份说自己在外头做买卖的人，他乡遇故知不是什么好事。

果然老师傅说自己是从白螺来的。尤琪便说他是南塘那边的，也靠得近。

师傅问他做什么买卖。尤琪说在小公司打工。

"苏城多大，碰上我们那一带的人，甚至口音带一点我们那里腔调的人都觉得高兴。"修完了，走的时候又说，"好好苦钱，妈妈老子在家等着享你的福呢。"

尤琪一个人在厨房里一遍一遍地打着煤气，扭来扭去，听它的声音。咯哒——就像听到了什么意料之外的事。呼啦——火苗沿着钢圈蓝灺灺地跑成了光环，像是一场声势浩大的游行，旗子在大风里猎猎招展，是抗议还是联欢，不得而知。

眼睛有点水唧唧的时候，他一仰脖子，笔直地灌到耳朵里。

他确定自己不是被"妈妈，老子"这两个词这两个人感动的。

他从十岁开始就没再为他们感动过。小时候，老师布置以"亲情"命题的作文，他总是无从下手。

那么是被什么感动？他又不知道。就是那种说不清道不明的，像初春江面上水雾一般迷惘的幽愫在笼罩着他。总之绝非是具象。看得见摸得着对他来说太缺乏诱惑。

佩莉来的时候他立即假装在洗脸。

"什么时候了？今儿个几明儿个几了？还睡到日上三竿的？老女人真能折腾！我问你，叫你去问问她的生意的呢？"是说曼华。

尤琪拿毛巾擦了一把脸，漫不经心地说："下回来之前打个电话！"

"我管她的呢。我现在是光脚不怕穿鞋的。"

尤琪有时候想不通自己为什么到现在还没甩了她。可能是有种"半斤八两所以休戚与共"的意思在里面，而那"同病相怜"的"病"他们也都是有也装作没有的，就更像了。

"你自己去问她啊。"尤琪说。

"我怎么问？"

"不信她就把钱再提出来咯。"他这是风凉话。她不敢存银行，用自己的名字怕被人晓得，用别人的名字又信不过。

佩莉气得朝沙发上一歪，两只眼睛滴溜溜地在房间里转，像要找个藏钱的地方一样。

"那是什么东西？"她指着电视柜边的一个纸箱子。

"她带回来的红毛丹。"

尤琪用瓷碗盛了些来与她吃。

"我不吃。都是福尔马林泡的。"

尤琪不与她争辩，自顾自地吃，佩莉见他吃得鲜美，便也吃了几个，心里噎着事，终究吃不下。末了她说："我下周四走。"

"去哪？"

"这你别问了。替我盯着钱。"她倒信任他，好似认定了他跟她的时间更长，所以感情要比跟曼华更深，心里向着她。

佩莉是去多伦多。她走后不到两个月钱就出了问题，克里斯汀娜说曼华给了荣赫一大笔钱去做稀土生意，实际上荣赫是去炒股了。克里斯汀娜没说结果怎样，但也可想而知。

克里斯汀娜让服务生又上了一瓶白葡，说："她就是心太软。心软的人生意做得再好也有吃亏的一天。在堪培拉我就提醒过她一次，好在及时，没上当。结果现在还是狗……本性难移。"显然她本来是想说"狗改不了吃屎"。换个词不知道是因为忌讳他和曼华的关系，还是觉得在一个容易心软的女人背后恶语相加比较起来显得恶势，又或者，在尤琪的面前，她想淑女一些。

"她人呢？"

"你不知道，我还知道？"克里斯汀娜睁大了眼睛，重色眼影和睫毛膏之下终于可以看到一点眼白。

酒廊里外国人不多，偶尔来几个她都认识，连连点头打招呼。有知道消息的就上来问："怎么样，你有没有受影响？"

克里斯汀娜根据关系的生疏，向他们轻描淡写地点头、摇头。

她和曼华的钱一向分得清楚。佩莉初见时就说了："这个女人看着像猪，其实是个猴精。"

　　克里斯汀娜在尤琪面前说曼华的事对她无碍，尤琪揣度着她可能是想让他跟她好。至于是不是无碍，尤琪也不清楚。他只和她过了一夜，而且因为她酒喝多了，也并没有发生什么。他对外国女人一向没有任何兴趣。

　　尤琪没通知佩莉，但佩莉打了电话过来，她已经获悉一切。他只是她重重保险中的一道罢了，她怎么可能放心只留这一个耳目。佩莉也没有责备他，因深知责备无济于事，只能亡羊补牢："有人报警了吧？我听说了。"

　　"只有一个。其余几家的钱是高利贷，数目也不多，就这么算了。"

　　"你给我联系上那一个。追在警察后头问进展——这年头，你的钱不是他的钱，追回来也不带他分，他管你个屁。"

　　"哦。"

　　"荣赫呢？"

　　"也没消息。"

　　"这里头有鬼我告诉你。"佩莉的意思是曼华和荣赫唱双簧，假借这出戏两个人卷钱跑了。

　　尤琪倒觉得不会。荣赫是山穷水尽的一个人，曼华没理由和他跑掉。佩莉坚持自己的看法，说他没见过他们两个当年好的程度。

　　世界就是这么小，树玫竟也道听途说知道了这事。她也和佩莉有同样的看法："他的名声已经臭到功夫了，也不怕再臭些。所以朝自己身上泼一盆脏水，两个人去过神仙日子。她是他的救命稻草，自然要捉住不放的。"

尤琪心里不舒服，想他自己若是哪一日落难，凭他们的恩情，她愿不愿意做他的救命稻草。

又过了一个夏天，几乎没人再记得这件事的时候，佩莉和曼华一前一后地回来了，只是双方并不知道。

佩莉回来是因为多伦多男人又重新找了个美国女人，那女人自己在乡下有农庄和果园。佩莉实际上只在那边待了很短的时间，回国后又在卢城消磨了一段日子，她说："女人自己没本事腰杆就是不直。男人也不愿意娶个蚂蟥回来。论别的，我哪点比她差？"

佩莉晒黑了，原先白皙的优势也没了。她说她常常和他们爷俩儿去海滩玩："真玩不过洋人。越晒越白。"她涂了粉底，因为天热，微有些化，像是烂泥地上的一层薄薄的细雪，幽幽地窥见一点黑影。

曼华那边的钱她早就没有再追问了。尤琪间或提起，她脸上却还有些心疼，毕竟是青春胴体换来的血汗钱。这真担得起"血汗钱"的名号。尤琪安慰她："破财免灾。"

"破财本就是一种灾难。"她说。更何况她和多伦多男人的事又没有成，她更归罪于自己没有钱。

佩莉回来后只到他这里坐了两回，似乎过了那个境地再卷土重来像以前那般耳鬓厮磨，并不叫人好意思。倒是听说她去探了探她的老头，因为得了很严重的风湿病。尤琪不吃醋，反而觉得心里暖和。不过也极有可能是去求助。

曼华则是在一个深夜造访的，一直按门铃也不说话。尤琪从猫眼往外窥，走道灯没开也看不清。想了片刻，也已猜到是她，才开了门让她进来。曼华瘦得像一根孤零零的柴火，像柴火焚烧后未碎的一段灰烬，伶仃干枯。骨架子勉勉强强地撑着一件男式的格子衬衫，显得空空荡荡。他问她吃饭了没，她说吃了，就是路过，上来看看他。

"什么时候回来的？"

"前天。就走了一年罢了，苏城就变样了。"

尤琪说他上周还在街上偶遇克里斯汀娜，还提到她的。曼华说："是么？她没回堪培拉？"

"她结婚了啊。和男人在甘露桥那里开了金店。"

曼华的神色略有羡慕之意，似乎对这种生活她向往已久。她其实从没有如人所想的那样走得远远的，一直在邻市邱城，在小饭店里端盘子。

"正好我表兄弟在那里，兄妹之间有照应。"再往下说，往细处说时，好像又不是什么正经表兄弟了，因为已经住在了一起，万事都靠他。

她又问他和佩莉还有无来往。尤琪怕节外生枝，只暂说没有。曼华长叹一口气说："别人的钱，我下辈子做牛做马去还。她的钱，我只要攒足了就去还。我跟她都有苦处，大家都晓得，她的钱来得不容易。"

这一晚的事他半遮半掩地在佩莉跟前露了一点口风，佩莉警觉，问她是不是回来了。尤琪也就说了。佩莉说："没意思。她要是真心，该上我的门，不是上你的门。大概就是借你的嘴传好听的话，做些面上功夫吧。谁会看呢？以后就是见了面，朋友也是做不成的。"

曼华喝了半盏茶，听见钟楼敲了十点，知道夜已经深了，起身告辞。尤琪见她还是保持着当年的习惯，起身后很讲究地用手抹平屁股上的布料褶皱。他忽然问："荣赫呢？不是跟你一起的？"

曼华站住了脚，刚准备开门的手也停住了，垂落下来，想了想说："他事发前就走掉了，走得比我早。也没给我打电话。我知道的时候已经晚了，是朋友告诉我的。"

曼华说完就走了，也没有再回过身来道别，想是觉得脸上无光。

到底上了他的话。根本不是佩莉、树玫她们想象的那样双宿双飞去了。可就因为看得透彻，尤琪又觉得自己比她们无情，从不对事情抱有美好的幻想，总往最坏处想。

他躺到沙发上，眼前一幕幕地流淌着往事。其实曼华出事前已有征兆，她向他借钱。他记得的就有两次。一定是在给荣赫筹资。其中一次他还反唇相讥："我们俩是谁跟着谁啊。"

这一年里，曼华憔悴了不少，佩莉因为晒黑了也显得老气，树玫更是到了更年期的岁数。尤琪走到镜子里瞧了瞧，自然也不是最开始的那个青年人了。他额前原来有个美人尖的，现在不仅没了美人尖，反而往上又退了一些。平整整的额头逐渐显露出凋残的弧度。

他有了一点返家的念头，一闪而过的，想回去做点小买卖，找个老婆。

树玫近些天脸上有病容，进门就伏到他怀里："帮我揉揉太阳穴。生疼。"好像是和日本合作的一批产品被强制下架了。

他问："又开始了？不是上一阵子的事了么？"

"早着呢，到年底赶上纪念日的时候估计更要命了。是我不动脑子！"

因为滞销，树玫成夜地睡不着。后来说不打搅他睡觉，要回家去睡。尤琪搂着她，哄她，给她温牛奶，用热水给她泡脚，仍旧是睡不着。他说："没事，我靠着你呢。梵梵不是也要放假回来看你么。"

树玫抓着他的两只手放在心口上："是啊，他回来看一眼我就要好过得多了。"

树玫睡着了，尤琪看她身体那道被月光勾勒出来的线。松弛，涣散，没有弹性。一种丑陋的我行我素。又想起梵梵当初对他说的话，更有一番感慨。藤与树，他们哪一个是哪一个？可无论谁在什么位置，这种依偎也是只争朝夕罢了。

梵梵回来的那一晚，他和佩莉正在一个派对上玩着。树玫呼他，说儿子回来了，晚上不过去了。他就开怀畅饮，烈酒加热舞，弄得头昏脑涨，跑到洗手间去吐。回来时经过琴房，听见里头有说话的声音，且耳熟，微微扫了一眼，是克里斯汀娜。他冒了个头进去。

"哦，琪琪。"

先前和她交谈的妇人点头致意一下，出去了。

尤琪问："你怎么在这？"

"那你又怎么在这？"克里斯汀娜圆滚滚的身子在他眼里叠成了一只美艳的万花筒。她慢慢地朝钢琴边走去，坐在琴凳上。外面的月光从百叶窗的罅隙里渗进来，一条一条地切割着她白花花的肉。克里斯汀娜伸手来拉他，握着他的手在她的肉上犁耕。她的腋下潮

湿得像雨水过后的青苔地。她说："琪琪啊，我是真喜欢你啊，看
到你的第一眼我就受不了了啊。"

他用鼻子嗅了嗅："什么味道？"

"什么味道？"

"什么东西坏了，腐烂了吧？"

"啊？"

克里斯汀娜很迷茫，只是还是用手握着他的手，搋着她这一团
白面。尤琪找到了罪魁祸首，来自琴身上搁着的一个白瓷碗，幽白
幽白的，像泡在水里的一只骷髅头。他说："那是什么？"

"红毛丹啊。你吃吗？我剥给你吃，来。"克里斯汀娜擎着一只。
红艳艳的毛骨悚然的一颗，丝丝入扣的毛发上淋漓尽致地缀着露珠，
那种带着刺鼻气味的露珠。

尤琪听到自己的身体里轰的一声响，像是早先已经泼满了汽油，
谁突然从背后丢了一根火柴上来。

他仓皇而逃。

他要离开这里，离开她们，离开每一张诡艳模糊的脸，可他又
知道自己跑不了多远。他恨她们是一时的，爱她们是长久的。他在
天上飞了太久，双腿退化了，走在人间已经像个瘸子。他知道自己
哪怕死也是死在御风而行的过程里的。这是他的宿命。

通知树玫的那一天，尤琪先斩后奏已经退了昭阳路的房子，树
玫当时在和财务谈资金回笼的问题，在电话里对他说："哦，嗯，
是吗？哦，我们晚上再说。"含糊其辞，竭力不想让旁人听出来。

这个房间还是满满当当的。因为没有一样东西是他的，他来的时候就是满满当当的。尤琪想象着树玫叫工人们来，卸衣橱，拆浴具，搬沙发，里里外外地忙活着。但那都是他走后的事了，他看不见，就像他当初没看见他们组装一样。一切都是现成的，貌似得天独厚的。

他和树玫说的是，他想回去一段时间。"一段时间"是个最暧昧的词了，一分钟，一天，一周，一月，一年，一生，都是一段时间。他知道自己下不了这个狠心说"永不再回来"，就像一个预备坠楼赴死的人，面对楼下蝼蚁一样川流不息的人群产生了眩晕感。他没这个胆量，作不了保。万事留一条隐秘可耻的后路。

他到厨房里煮面。没有盐。是上周就已经没有了的。他一直在外面吃，也忘了添。他点燃灶头，听到火苗在钢圈上回旋起舞的声音。他又听到楼下的少妇在给孩子唱儿歌："红毛丹，两瓣瓣，只为一颗白蛋蛋。白蛋蛋，圆溜溜，滚到肚里不回头。"

回忆被仲夏的声音打断了："头坑一下，把汗毛推一下。"

尤琪睁开惺忪的眼睛，照做，像个忏悔的教徒。

"这次回来什么时候走？"

"看情况吧。先紧着把家里的事做完。"

门外又来了个客人，站在明晃晃的日光里，问："阿夏，还要多会工夫？"

"就好了，进来坐。"正说着这话，阿夏妈和桑枝也回来了。仲夏说："桑枝帮忙给小舅舅洗个头。"

尤琪也在镜子里笑了笑，说："桑枝回来啦。"

桑枝低着头，疾疾地朝里面走。她很少把不高兴放在脸上。仲夏心里有了数，问："怎么啦，不中意？"

"真不晓得天多高地多厚，印小林配她不是绰绰有余？人家貌相也不差，又是当过兵的，河婴城里头的房子都买好了，过不了一年半载就要到上面去。她呢？也不望望自己哪一样是拿得出手的？宋老太还不是看我的面子，心心念念地想着她。她就这么耗吧，耗成了老姑娘我才不会问她！"仲夏朝她摇了摇头，阿夏妈才抑着不说了："你给小舅舅把头发渣子洗了，这有印小林买的红毛丹，来一起吃。"

尤琪说："不用了，一会就去洗澡了。"

阿夏妈把塑料袋撑开，非要让他抓。尤琪说："不吃了，我就不爱吃水果。"

"老兄弟，你说说瞧，是不是这么个话？我是不好多说的，回头人家说我心里没担待，气量小，外甥女吃我几年饭都吃不得。"

"慢慢来吧，也急不得。"尤琪劝道。

"女孩子不像男孩子。男孩子大一些，只要有能为，不愁好姻缘。就像你，人长得好，在外面做大生意，见大世面，就是现在二十好几，追在后面的女孩子也是成堆的。"

尤琪笑了笑，说："哪里的话，老姐姐你抬举我了。"

阿夏妈想了想，又说："要不老兄弟你再给我们关心关心，你接触的人都是不差的，给外甥女物色物色？"

有一种寂寥的神色在他的眼睛里一闪而过，尤琪说："怕不中她意呢。"

阿夏妈长叹了一口气，无力地摇摇头。

尤琪说："缘分到了自然会好的。"说着从她的袋子里拿了一颗红毛丹，意思会帮她关心。

阿夏妈笑了笑："难为你了。"

他向仲夏打了招呼，握着那颗湿漉漉的毛球走出门去。

他在两周后重新回到了苏城，并没有再与她们联络。一年之后和一个在苏城打工的北方姑娘结了婚，第二年就有了孩子。此后，他也只是极偶尔才会想起当年那些湿滑稠艳的事了。

○

断
桥

| 五月初五　端午　晴 |

白素贞的胭脂已经用过了，正在画眉。

仲夏曾经请教过她的原名，但是白素贞抚着新月一般的鬓角，说："我演《白蛇传》演得太久了，人人都叫我白素贞，我也记不得我原来叫什么了。"

端午这一天，白螺是过得滴水不漏的。麦没收的人家忙着收麦，秧没栽的人家忙着栽秧，麦也收了，秧也栽了，就要忙着过节。烧白芷，挂艾草，割箬叶，包粽子，系五彩丝线，饮雄黄烈酒。别处或许还有赛龙舟的，把船划到开阔的水面上百舸争流，只是白螺人好静，男子又多在外打工忙碌，家中只剩老幼和女流，所以便以看戏代替了。

白螺人不是戏迷，更不是票友，听戏图一个热闹，但凡是戏，无论是文戏里的才子佳人还是武戏里的齐天大圣都听得进去。

仲夏发廊前面是镜湖，镜湖之上是祖辈们留下的戏台子。戏班子们为了就近，也为着仲夏这里有一面敞亮的大镜子好梳妆，每年端午都会租他一天店面做后台之用。

龙套们下午五点就吃了饭上了妆到戏台边上候着了。一来，那里风大凉快，不大淌汗，妆花不了。二来，白素贞化妆的时候不喜欢被人打扰，见不得脚跟前来来往往都是人。

她也已经吃了饭，还另吃了两枚鸡蛋，喝了半盅酒水。她说鸡蛋是存着底气恢复元气用的，《盗草》和《水斗》两折里都是刀马旦的功夫，连打带唱，很不容易。喝酒是用来添媚态的："说到底不还是情戏么？那她就既不是妖也不是仙，只是个女人，要有个女人的样子，女人的媚态。"

白素贞站了起来，摸了摸水鬓，又摸了摸满头的珠翠，后退了几步，对着镜子前前后后地照了几圈。第一场是《游湖》，她里面是雪白的水衣，外面是月季粉的对襟女花褶子，上面布满了缠绕的花枝。

她缓缓兜了兜水袖，低头看了看，颦眉问仲夏："阿夏，家里有熨斗么？"

桑枝一向很崇拜白素贞，连连应道："有，有，在里面，我去给你拿。"

白素贞一个云手把水袖担在沙发上，她的手已擦了粉，就请桑枝弹了些水在上面，熨了起来，像是在写一幅书法。扮演小青的人在隔壁和别人说了会话，来叫她："姐姐，走吧，前头准备妥当了。"

她也不抬头，慢条斯理地说："衣裳不熨平，怎么有脸开场唱戏？"斜阳日影把她的睫毛镀成了金色。

没有人知道白素贞叫什么，没有人知道她的年龄，没有人知道她家在何方是否婚配。她确确实实就像戏里的蛇仙一样是个来无影去无踪的精灵。每次来镇上唱戏，仲夏就要听她母亲训诫："这个女人身上有妖气，阿夏，你离她远点。"

可是仲夏和桑枝欢喜她，她的每一场戏他们都会去看。

白素贞走后，他们也端着板凳出门了。阿夏妈嘴里说讨厌她，可是那戏台子上的锣鼓点一响，家家争看，万人空巷的时候，她也还是忍不住揣了一把番瓜子在口袋里，嗑着嗑着就走到了人群里。

镜湖边上乌压压的都是人，有像仲夏他们一样自备板凳的，有站着的，也有席地而坐的，还有的孩子打高肩骑在父母的头上。太阳完完全全落山了，白螺入了夜，台上的灯火都亮了起来，倒映在水里连本带利就更亮。大幕徐徐拉开，后景布上是西湖断桥三月芳菲天里的桃红柳绿。燕子垒着香巢，碧水托着三潭。

白素贞姐妹上场了，未开口就是满堂彩。

白素贞刚才的那半盏酒发挥了功效，因为她双颊的红晕那么滋润，不是胭脂能替代得了的。在这媚态中，她轻移步，走向前，缓缓唱道："苏堤上杨柳丝把船儿轻挽，颤风中桃李花似怯春寒。"

小青打着尖字，念白问："姐姐，既叫断桥，为何桥又未断？"

一转西皮垛板，白素贞唱："虽然是叫断桥桥何曾断，桥亭上过游人两两三三。对这等好湖山我愁眉尽展，也不枉下峨眉走这一番。"

小青念："姐姐，你看，那旁有一少年男子往咱们这儿走来，好俊秀的人品呐。"

白素贞问："在哪里？"

她想，在哪里啊，在哪里？她的眼睛在观众群里扫过，无奈他们隔得太远，被氤氲的灯火和水汽阻挡着，她看不清他们，他们像是魑魅魍魉一般的影像幢幢地飘荡在远处开阔空旷的大地上。

小青见她失了神，在耳畔轻声提醒她："嗨！朝哪看呢？"自然不是戏里的词。

许仙撑着伞，顶着一头春雨，皂靴罗衣地上来了，只可惜，这不是她的许仙。

她的许仙活在前尘记忆中，是三生石上前一世的花谢花开。她不知道他现在是不是在人群中看着她一颦一笑、一招一式风致嫣然，或者是在遥远的阁楼上，听她一唱一念一腔一诉声声入耳。总之他一定记得她，她确定他一定记得她。

她跟仲夏说："五年吧。整整五年时间。"

她这样一个风华绝代的女人，最好的时光竟是虚度的。

她慢慢地卸下头饰。桑枝的笤帚擦过地砖的声音停住了。这是夜里十一点，阿夏妈已经催了两次让他们洗澡睡觉。

许仙第一次看她演出是在五年前，一个潮湿的夏雨之夜，在县文化馆的礼堂。"唱的也是《白蛇传》。天热，台上又是灯光照着，里头的衣裳都湿了，妆也要花了。"唱完了，她到后台卸了妆，换了衣裳，就预备走，被他在文化馆边上的一个花园里叫住。百十来步的花园，葡萄藤在长长的乳色连廊上方联结成一个绿色的穹顶。雨水在枝叶的缝隙间渗落下来，砸在她黑色的伞面上。她能感觉到雨珠在伞面上滑落的线条。

他说："唱得真好。"

她习惯性地用手指勾了一下耳边的头发，其实并没有发丝垂落在鬓边。这个姿势是无用的，因为无用，所以是美的。雨水中的灯光总是有着非常大的灯晕，朦朦胧胧地贴在人脸上。万事万物都像是在滤色镜里。

"他很年轻，一半是娃娃脸的缘故，一半是确实年轻，比我小三岁。"她回忆他时，脸上有一种父母思念儿女的神色，不是忧愁，是一种清扬的快慰。她的妆卸得不彻底。眼睛周围还浮着一层暗暗的黑影，像是宣纸上蒙着一点薄薄的墨。嘴唇也残留着红，是暮色中雨水打过的玫瑰。

散场之后，大家都陆陆续续地从礼堂里出来了，也有人选择从花园这边走。小青远远地看到了她："姐，你不是走了么？"又看到她身后的他，顿悟似的点点头走开了。误会有时候就是这么华丽，让人觉得美好，留恋这种错误带来的梦幻感。像肥皂搓在手里，在细腻的皮肤上盈出泡沫。

他和她一边走一边谈戏，走着走着，他说天已晚，问用不用送她回家。她未置可否，那便等于同意，他也就算是得到了跟随的资格。到了楼道口，她叫他回去。他也觉得好像还不能一蹴而就地上楼，便把伞交到她手里，准备道别。

"我都到家了。你拿回去用吧，我家里还有伞。"

"等天好，我再给你送来。"

她也未置可否，就上了楼去。也没有客套地说一句"不用了"。或者是知道这话没用。

鞋跟叩着地面，像是打击乐器。

隔天晚上，她用钥匙捅开门，见他在教她儿子写作业。换拖鞋时，她见伞放在了门后面，像是他很顺手的位置。水迹湿湿答答的。

"文家人看见你了？"她问。文家就是房东，一墙之隔。

"我说是你弟弟。"

"还不如说是朋友。"说是亲属总有种此地无银的感觉。

她让儿子到卧室去写，准备做饭给他们吃。

"你不要忙了。不然我们出去吃？"

她坚持要在家做，他就到楼下买了点卤菜。买回来，他从吊柜里拿出一只碗来，把卤菜盛进去，再慢慢地把塑料袋抽出来，也是很顺手的样子，仿佛日日夜夜与她过惯了这种生活。她在一边看着，忽然说："我收养的一个孩子。从鹿城带回来的。"

"哦。"他抬头应了一声，似乎并不感兴趣，或者确实就不关心这个问题。

饭桌上，孩子掉了一粒米，又很艰难地用筷子把它夹起来吃掉了。

吃完饭，他要帮忙洗碗，她没让。她洗完了，送他下楼，一送就送了很远。她一边走一边讲话，也没觉得远。

她对这个孩子视如己出。"所以外人都认为他就是我的小孩。有时候还会说是……嗯。"其实也就是"私生子"三个字。以前同别人倒苦水又不是没说过，但是一时好像还真没有勇气在他面前说出来。

他点点头，笑得也漫不经心，像是能理解所有突兀的事情和它们曲折的经过。

她隐约怀疑他没什么兴趣了。可她自问并不像是一个生活紊乱情史复杂的女人。她演过很多戏，她的人生有一半是在戏里过的，所以她自己的那一部分其实很简单。其实即使没有那些活色生香的戏和那些缭乱的传奇作为对比，她的生活也是很简单的。

他相信。但她总认为他不信。

这条向晚的路上有烟尘，因为夏天昼长夜短，入了夜总还是有点黯淡的天光，像是个窥秘的人不愿走，停留在此倾听他们窸而有味的情话。花影树影在烟尘中静默着，像是古词里的那条寻常巷陌，走在里面有种日夜相靠的肌肤之亲。这烟尘就在她裙下走，脏了也是一种日子的痕迹。他们像是认识了很久，是重逢的故人。

告别前，他说要回镇上去了。过些时候可能还要上来。措辞很严谨——过些时候、可能。各种不完全的因素，没有任何明确的指示。没有堵死，也没有开辟。或者也是一种开辟，只是单向的，仅仅对他一个人算作是开辟，没有让她看到宽阔的路径。

她还是隐约有些担心他介意孩子的事，将心比心她能体谅这种介意。她又问不出口。

回家路上遇上文家的女人，很惊讶的样子——只可能是因为有个"弟弟"接连两日来探访她这件事。她心里略有些忐忑。想着文家女人和他碰面时是个什么场景。自然也是惊讶。可细想这惊讶却是好的。如果不惊讶，那她不是老油条了么？经常有男人上门来探访咯？

她开始相信他对她仍怀有最初的一种期待。她自己也陷入期待，期待他的到来。

桑枝先上了楼去睡了。

仲夏后来问她为什么，她说知道了最后的结局，再来听这些经过，太残忍了。像是孩子明明知道自己没有被提名却还要参加学校的表彰大会。这种痛苦是加倍的。

但眼前的这个花旦说起这些往事来还是很有兴致的。

"他很快又回来了。那是很让人不愉快的一次。"

她在楼道里碰见文家女人。"你弟弟又来啦？"

知道他不请自来，到家门口时她就没急着开门，在外面听他们说了一会话。

他问："她带你回来的时候你多大？"

"什么？"

"她带你回来的时候你多大？就是你几岁的时候她带你回

来的？"

"我爸快死的那年。忘了。"

"你妈妈呢？"

"她就是我妈啊。"

"你自己的妈妈。"

"我之前一直和我爸爸住。她就是我妈。后来她把我接来了。"
相当模棱两可的说法。孝顺和阴谋混合在一起。

她开门进去。儿子很主动地把作业卷成一堆到卧室里去写了。
她逼着自己正视他，盯着他看。这反而有点奇怪。比低下头不说话
还奇怪。他到厨房来帮她打下手。她问："你想问什么？不如问
我吧。"

他答非所问："这细伢子蛮好玩的。"

饭桌上她问他这次在城里待多久，他说明天就走，只来开一
个会。

仲夏好奇，问是不是某某某。因为频繁到县里去开会的估计大
小是个干部，又在文化宣传的口子，年纪大小也知道，八九不离十了。

她却摇摇头。到这个份上还维护他。

晚上，她循着上次的流程，吃完了饭要送他走，他说不用了，
领导待会有车会开到前面的路口，意思是他们走在一起不大方便。
她理解，也就没有坚持，叫孩子跟他说再见。他笑了笑下楼去了。
一会文家女人回来了，说："你弟弟走啦？"

"你看到他啦？"

"嗯啊，看他打车走了。"

"哦，是吗……"

那晚她第一次动手打孩子，耳光噼里啪啦一阵扇，文家女人在外面死命敲门："有什么话好好说嚜。怎么听不到细伢子哭啊？你不要那么大手劲啊，打两下算了！"

孩子倒真是一直忍着没哭，嘴里咬着铁一样。

她打不动了，累了，坐在窗边喘气，想到气头上，又走他屁股上扇起一下。她确定他是故意的，故意在他跟前说那些话。她养了他这么多年，脾性再清楚不过了。

晚上，月亮照进屋来，凉光让闷热的房间有了一点清静，呼吸好像略微可以延展。她听到孩子在小床上转过身来，喃喃低语了一句什么。

"什么？"

又不说话了。

不过是怕她跟他走了之后，会不要他。不过就是这个，还能有什么？

"阿夏啊，我那个时候心里头一团乱麻。"她不知道自己选择的是一种什么样的混沌人生，好像一点规划都没有，有路就上路，无路就找路，低着头走，也看不清走的是条什么路。她是个孤独的旅人，也只有这样。

"细伢子故意让他误会你？"

"别小看细伢子。大人的伎俩才是伎俩，细伢子的伎俩是一种直觉。"

"后来呢，误会怎么说清楚的？"

她低下头盯着脚面上的一只蚂蚁看了一会，悠悠地说："世界上哪里有能说清楚的误会。"在她的眼里，误会的产生就是永恒的，那种所谓的"说清"只是误会以另一番不大起眼的形式继续潜伏着，等待着一个从量变到质变的机会。

他再一次来找她是一月之后了，水滨的荷花开了第二茬，露珠在茸茸的荷叶面上滚动。他遇见了小青，小青说："瞎说八道呢。你们也听风就是雨的！人家说坏女人里头十个有九个是被说坏了的，就怪你们这种人呢。她比我大一岁，我们姊妹十岁不到就出来唱了。哪个不是姑娘？"

他就又来找她。

"他信了？"仲夏问。因为小青的话不算什么有力的证词。

"所以他像许仙啊，耳根子软，没主见，别人说什么就是什么。"她笑了，这缺点也让她觉得很可爱似的。

她当然还是过着寻常的日子，再寻常不过，可看上去总像是在守候着他。纹丝不动地，保留现场地，维持着他去月此时离开前的样子。

他自然觉得熟稔，想这是不是她苦心经营的结果，只为让他宾至如归。

她问："你喝白开水还是茶叶？"

他说随便，问她孩子有没有放假。她说去同学家玩了。

　　他起身朝内室走，她并不知道这是一种暗示，仍坐在原地不动。他问："夜里睡觉，这窗户朝着大路不会吵吗？"应该是原来孩子跟他说的，她总是失眠。

　　"夜里车子少。敏感的时候吵，真的困了，再吵也会睡着的。"

　　他杯子里的茶叶在慢慢下坠，在有阻力的水中像降落的雪花一样非常缓慢地往下沉。茶水碧绿的，透过玻璃的材质，很有叫人喝的欲望。他走过来，端起，喝了一小口。

　　"我姐姐上来买房子。我陪她看看。"他说。

　　"是要结婚？"

　　"嗯，她成了家，下面就要轮到我了。"听不出是期待还是失落，是种无悲无喜的感觉。可再平淡也依然是种暗示，她也听出来了，没多问，把电视开开来看。他觉得热，去把吊扇的风速扭大了两档，叶子呼呼转起来，可也不见凉快，只是把热风原地来回扇罢了。

　　"你要不要跟我去白螺玩？我们去钓鱼？"

　　"我明天有场子。"

　　"我等你唱完。"

　　她心里有一种强烈的欣慰感。可她知道这又是那么的微小，微小到她都不好意思和别人说——这么一个小小的"等"字都让她快乐。

　　仲夏问她是不是没有过情感的经历。她说是。好像男人都对她这种美丽的独身女人有种畏惧，尤其还带着一个来路不明的孩子，尤其还是个唱戏的女人，台上一会一变脸，从《春闺梦》唱到《凤还巢》，各是各的样。

他们爱慕她，不敢接近她，于是觉得不能追求她至得到她，那么只有诋毁她，让她不能为其他人所得，只有孤留原地，供他们恶性循环地褒贬赏弃。

她苦笑着说："可我真正是再普通不过了。"对生活，对爱情的心愿，都再普通不过。

她随他来了白螺。孩子请文家夫妇代为照料。以前她出去演出，这也是常有的事。

他给她找了一个僻静的住处，离镇上大街很远，看样子他和房主不熟。熟，也就不会带她过来。他叫她早点休息，明早带她去钓鱼，吃湖鲜。他出了门又回来，捧着她的侧脸吻了很长时间。

他的舌头盗墓一样地在她的口腔里疯狂地开掘，她感到自己深埋了多年的宝藏一下子就被他掏空了。

她睡在窗下，漫天都是星辰，亮得像是眨一眼就要坠到怀里。夜里有长长的风，丝带一样从帐帷里隐形地穿过。她觉得离他很近，觉得他也一定在窗边遥望着夜空。共此夜，真的是件美得说不出的事。

他倒没有如她意料地在一边看星星，一边等着入睡。他在他母亲的房里说话。

"说婉玉在家哭得要死，不要说老崔，就是我听了也心疼。你还替我想过没有，像你这样，我以后不敢出门的，崔家人一棍子就能把你妈妈打死，就是可怜我一条老命不把我打死，我拿什么脸去跟崔家老两口见面去。白螺一条街都要把我说死了。"

"我也没打她，我也没骂她。她哭什么。"他对着大衣镜抹平自己的头发，亮堂堂的。

"你还说，你还说！"他母亲用力地拍着席子。

他父亲之前一直在看电视，发话了："那你有没有胆子到婉玉跟前去说，说我不跟你好了，我们从此结束，你有这个胆子么？你要有这个胆子，我和你妈什么也都不说了。"

他缓慢地从鼻腔里输出一口气，像是武打戏里的大侠用内功逼出一枚嵌入身体的铁钉。

他所有的一切是婉玉父亲安排的。他问过他姐姐，他是不是享福享得太早了。他姐姐那时在清洗一条珍珠项链，说："福什么时候都可以享，关键是要甘苦与共。但你只尝得了甜头，吃不了苦头，所以下面路不好走啊。"

次日他带她去一个水湾钓鱼，几乎是一里一荷塘，通天的香气。

走到一面宽阔的湖，周围都是树，他让她在湖边小憩，他去林子里挖蚯蚓。她放眼望去，看到前面的一条小河上有条折断的独木桥，他回来时，她指给他看。他说他也不知道，这儿他很少来。又想了想说："这桥大概很多年了吧，不过没什么，前面靠近路的地方马上要修新桥了。"

那天他们钓到了四条草鱼和一条小青鲲。晚上带到水湾边上的一个小馆子里做了一条吃了。馆子里没有人，临水的小房子寂寂的。蝉把林子都叫空了。他说："明天下午我送你上去吧。"她立即答好，生怕略迟疑显得不矜贵。其实已经很不矜贵了，这样跟着他奔过来。

她原先计划着大概要有三五日的，所以特意腾出了时间，和文家夫妇也是这么说的。现在这样，显得非常虎头蛇尾。

"家里面有点事。"

"哦哦。"急着打断，不需要他讲下文，表示没有探测他隐私的习惯。

外面的月亮好得很，在水天之间。云丝在月下游走，遥遥的，是屹立了千年广寒宫殿。他说："哼两句戏来听听吧。"

她既不喜欢他的这个动作——下巴颏朝上笃笃地抬了两下，像是调戏；也不喜欢他的这个声口——把她当作卖唱的一般。可她还是唱了。一种毫无前提的顺从。唱的是《霸王别姬》里一段著名的南梆子——

看大王在帐中和衣睡稳，我这里出帐外且散愁情。轻移步走向前荒郊站定，猛抬头见碧落月色清明。

她唱得极轻极细腻，并不似台上十面埋伏垓下黄沙演绎得那么凄厉悲凉。跌宕的感觉在她的喉咙里被弱化成非常温润的小弯小绕。台上的是霜，是寒霜，她现在的是露，是白露。他用皮鞋尖轻轻地点着木地板为她伴奏。地板下面就是活水，这击打也就带着水音的清澈。恰窗外是明月，情景人和在一起尤其美妙，如同梦境。

"要是能一直听你唱下去就好了。"他忽然说。

"哪一天演这出的话，喊你来看。"她这么淡淡一说，像是没有听清他话里的余音。两个人就成了做戏。

她走后，他和家里大吵了一架，在楼上砸东西。正好他姐姐回门在家，便上来劝，又问他在外面是不是有了相好。他这才休了手。
他母亲见状，趁势问他："叫什么？哪里的？多大了？做什么的？"

他这才发现他对她一无所知，断断续续地答："白素贞，不知
从哪来，不知多大，唱戏的。"全家无不目瞪口呆。他听见他姐夫
在他姐姐耳边低语了一句："舅子魔怔了吧。"

戏里可不就是这样吗：书呆子许仙和白家的娘子见第二面的时
候就同这个身世杳然的女人结了婚，接着有了下面一连串的故事。

他拎着两瓶酒和一条烟到婉玉家赔礼的时候，她正在塘安乡间
的草台上演《白蛇传》，正唱到《断桥》一折——*法海贼无故起风波。
官人不该辜负我，害得素贞受折磨。*

这一折虽是文戏，可也很有些招式做派，换了小额子、面牌、
甩发，着白素褶子和白素裙子，配着腰包，一身披披挂挂，像是白蝶。
招展之间，她忽然想起在水湾垂钓时看到的那个折断的木桥，颓唐
地两卧在几近干涸的河道上。她忽然重重地往下一沉，像是自己正
小心翼翼地走在其上，忽然独木桥在脚下断裂。小青猛地扶了她一
把，又抢唱了一段词，才走上正轨，回到戏中。

下了台问："怎么了？"

"头晕。"

"身子不好啊？明天到香寅镇换《红娘》吧？"那是小青扛旗
的荀戏。

"别麻烦了，不然又要带夜和师傅们排。"

以为是她恋台，就不再提了。

她一个人对着妆镜孤坐了好久。眼泪怔怔地掉下来，好像是痴

妄现了形。她这样的女人，形与心不相称。外面繁花似锦，有时甚至像是佻佻风流，心里却一抔雪一样的纯净不经事。又是万事不敢解释，怕叫人更加误会，冠以"伪装纯良"的罪名。

她终究自省自知的，太清楚美带给自己的负累，太清楚自己的质地。

两日后回河婴，他来了电话，问她好不好。她说一切都好，问他如何。他沉默了半晌，说他把他们两人的情况和家里说了，他母亲在家寻死，现在病了，歪在床上。其实都是没有的事，他编撰着，像是信手拈来，也知道她的特性——不会追着问，也就不怕谎圆不起来。

她却未如他所料，一反常态地问："是说我哪里不好？"

"啊。大约是有个孩子吧。"

"哦。大约是的。"

"他们给我说了一个女孩子。"生怕和她断了之后闪电结婚会显得假，不如提前知会。

"哦。"

又说了点别的。挂了。

她慢慢地坐下来，手指触到玻璃台板，猛地戳心地凉。

"阿夏，在感情上我就是个初级水平。"她仅仅有过这么一次可笑的经历，又很少与人讨论，纵向横向上都没个比较，所以也不知道感情本身是不是就这么荒诞，是普世的荒诞，还是她独家的荒诞。这荒诞拿唱戏作比，是不是就像刚开腔就刺花儿破了音，仓促得和雨落下来一样。

她开始收拾自己的东西，车子就等在镜湖边上，戏班子就要回去了。

"阿夏，再见又不知道是什么时候了。"

那之后的五年里，她来过白螺无数次，先是主动请缨，到渐渐地成为一种习惯。

他和婉玉在他们分别的那年初秋就结婚的消息她也是很快就知道的。她好奇，打听过婉玉长什么样，人家说："比你矮，也要略胖些。"听得出话音底下有点安慰的语气。只是她不在意，答说："跟我又有什么关系？"

"姐，走了。"夜深人静，小青不敢遥喊，一溜小跑过来喊她上车。

"走了啊，阿夏。"白素贞在灯影中轻轻回过身来道别。

"唉。"

仲夏往前送了送，送到了镜湖畔，目送她上了车。车子开在夜间清旷的路上，声音渐远了。他回头时又看了看镜湖边上的戏台。舞低杨柳，歌尽桃花，舞殿歌台，偃旗息鼓，只有一团逐渐凉淡的戏气还浮萦在它周围，超度着千年岁月里流传的传奇。

夜风在头顶浩荡飞去，他分明看见将阑的折子戏又重新开场。

水光潋滟，山色空蒙，花旦青衣各自咿呀开唱。唱《游湖借伞》《仙山盗草》《水漫金山》一出接着一出，像是故事里的美人真的落到了凡间。她们在断桥上看啊，望啊，找啊，寻啊，那前世的情郎到底在哪里啊。最后穿绿衣服的那一个素手柔荑轻轻一指——在那里。白衣的那一个便定睛一看——哦，原来真的在那里。

　　他置身在看戏的观众人潮中，不喝彩，也不鼓掌，只是静默地，滞滞地立着。

　　她想：一个在台上，一个在台下，原来，从古至今，人妖殊途都是再寻常不过的事了。

○

香灰与鱼

| 五月初九　小雨 |

桑枝开始和印小林相处了，此前一直闷闷地不与家里说话。

店里没人的时候，仲夏母子闲坐着说话，阿夏妈流露出了一点对桑枝的可怜："她也是命不好，托生在郁凤琴家里。"

仲夏不作声，该劝的他老早就劝过了："送佛送到西嘞，你跟姨娘到底姊妹一场。"

好在这一点上夸赞阿夏妈贤德的人多，她心里也安慰。"晏伯母前两天打牌时说我的，说凤珠啊，真的是你的，换作第二、三个人，哪个能做到这个份上。她就说桑枝不懂事，既是客，又是晚辈，万事该敬在前头。这样低头不作声地不理人，叫做上人的难堪，太不应该了。"

阿夏妈想了想又说："不过凭良心说，她也确实是个省心的细伢子就是咯。除了这个找对象结婚的事，没叫我烦过太大的神。只有些葫芦锯嘴，不大爱说话罢了。"

桑枝和印小林谈，仲夏瞧出来她是为了应付他母亲。印小林开摩托车来载她，她也不搭理他，慢悠悠地冲开水。仲夏说："你去吧，丢在这块我来冲。"她还是不讲话，冲好了，拖鞋也不换就瓮声瓮气地向小林说："走吧！"

仲夏递了把梳子给她："梳梳刘海，饼起来了。"

她正要接过手，又缩回去，说："又不是去选美！"说罢，坐上摩托车扬长而去。

这会又出去了。

天色微明，丝线一样的细雨洒在石板路上，邻墙的花枝在微风里摇曳着，寂寂地。阿夏妈剥着毛豆又来烦他的事："绢已经半个月没来玩了。我掐着指头算的，正好半个月。她要是不想再和你好，大家把话说开了。这样拖泥带水的叫个什么话？"

仲夏亦不作声，在这种事上，他一向很少和他母亲交流。既是不想叫她操这么多心，也是两辈人观念各异谈不拢的缘故。

正想着如何解释，只听见巷子里吵打起来。阿夏妈按兵不动地听了一会，说："是白鹭回来了，两口子闹离婚。"

白鹭是端午后一日回来的，显然就不是回来过节的了。

仲夏去张了一眼，回来说："打起来了。"

阿夏妈说："两口子不在一起就是不行，会生出多少事来。"阿夏妈劝过田飞的父母，叫他们别扣着儿子，该和媳妇一道出去。

田飞妈含着泪说："不行，拢共这一个儿子，他要是外去了，不靠着家，我就是死了他也不晓得。"

"田飞活像他们老两口，无能，偏还又犟。白鹭心气多高，又见了世面，难免的。"阿夏妈说。

争吵声小了，只还遥遥地听到啭啭在哭。仲夏说："他们还年轻，要是过不下去离了也就算了，就是细伢子太可怜了。"

"小啭啭是真可怜。"过年的时候白鹭和田飞两口子就有了离婚的打算了。田飞妈向阿夏妈说："我跟媳妇说，他再不好，你朝孩子望一望。啭啭也劝她——你干吗要和我爸爸离婚？我爸爸不是还可以啊。孩子讲话嫩汪汪的，听得人心碎。"

后来，对于离婚这件事，田飞妈知道白鹭铁了心势在必行了，于是白鹭年后刚走，她就开始散播舆论，说白鹭外面有人了。

至于白鹭，外面确实倒也有了一个人。她晚上来发廊剪头的时候并没否认这个传闻。

"越短越好，没时间打理它。"白鹭捋了捋发丝说。

仲夏拿了一个影集给她看，其中有种女子的发型，接近男人的平头，只前面略长出一点。白鹭说就它了。

白鹭这些年来一点都没变样，还和六年前嫁过来时差不多。白皙丰腴，双目炯炯。

白鹭说："有变化才好呢。老太婆就晓得我在外面有多苦，就不跟我穷吵蛮干了。"

在仲夏的记忆中，白鹭和田飞的生活在一开始还是很幸福安逸的。田飞在邮政所上班，白鹭在广播站，都是公家单位。仲夏常见他们吃完了晚饭出来散步，在镜湖边坐着。白鹭手里拿着一把蒲扇，有时低下头掸腿上的蚊子，有时也给田飞掸。

白鹭老家在卢城乡下，她和田飞上大专的时候是同学，是自己认得的，论起来感情应该比旁人介绍来得靠谱，可后来这却成了田飞妈常挂嘴边的把柄："早跟他说过，给他介绍个家里的，知根知底，好得多呢。外面的，晓得心有多野，就肯踏踏实实跟你一辈子了？"

可田飞执意要跟她谈，他们老两口也没有办法，田飞父亲出面给儿媳妇安排了工作，就此定当下来。很快结了婚，田飞妈又撺掇着他们早早地要了孩子，以为就此万无一失。

啭啭的名字来得很有说法。据说是到河婴城里请先生看的一个名字。先生听了他们小夫妻的名字，一个叫田飞，一个叫白鹭，倒没急着看五行命相，说女儿大名不如就单用一个"鹂"字，小名就叫啭啭。因诗句里说——漠漠水田飞白鹭，阴阴夏木啭黄鹂。田飞夫妇都受过教育，本来也厌恶迷信，想自己取，要不是田飞妈鼓动，他们不会走这一遭。

那时听见先生起了这样的名字，也觉得赏心悦目。

"啭啭跟他爸爸好，就让她跟着他好了。"白鹭闭上眼睛等待着仲夏的剪刀，脸面冷静，看不出什么情绪，好像很干脆。

这一日的小雨下得这样久。桑枝和仲夏都有这种感觉。桑枝洗毕了碗，到前面来找干毛巾擦手。白鹭说："不是提前入梅了吧？"

"不是吧，说后天就晴天了。"桑枝说。

白鹭问桑枝："说你和印小林谈了？"

桑枝看了仲夏一眼。

"不是你哥。我听隔壁说的。"白鹭解释道。

"哪里就算谈了。"桑枝懒懒的，喉咙里浮着气泡一样。

"可要想清楚了。不要像我一样，朝下一跳，万劫不复。"结婚在白鹭眼里俨然等同火坑。当然，从来只有从火坑里爬出来的人才会这么形容。没结婚的人看那结婚的人，总以为是无限的好。

桑枝笑了笑，到院子里去刷鞋子。她有一双心爱的白球鞋，印雪青色小朵荠菜花纹样的，前两日和印小林出去弄脏了，心疼得要死，印小林都挨了她一顿数落。后来印道仁在家听见了，路过发廊时和阿夏妈半遮半掩地聊了几句，意思是桑枝太不给印小林脸面了，为了一双鞋子把他说成那样。阿夏妈便又说了桑枝一顿："对象还比不上一双鞋子？"桑枝低头做事不说话。仲夏听见了来打圆场："下次我去苏城再给你买一双。"

"我不要。"她进了里屋。

白鹭闭着眼睛听着桑枝刷鞋帮子的声音——刷子在帆布上来回摩挲，渐渐地，皂粉磨出些泡沫来，在刷毛间盈溢着，也是可以听出来的。这很像桑枝这个人。闺阁里的姑娘，心事无言，只由着它发酵。即便发了霉，也只是自己的，不与外人道。

白鹭对仲夏说："不如叫桑枝跟我到顾城去吧，我们还缺个记账的人。"

仲夏把她的头发剪得薄薄的，说："怕是不愿意。袁三姐去年说要带她去管仓库，她也不愿意。"

"我们的活儿轻松多了，就是写写算算。其实在顾城也能找着人，但是毕竟是钱，找个老家熟人心里踏实点。"

白鹭和几个朋友在顾城做床上用品批发生意。她家是卢城的，但她母亲原籍峤州，是以纺织业闻名遐迩的地方。她母亲请她舅舅牵线搭头，在顾城把生意做了起来。

为此，田飞妈也有一肚子的不快活："他们谈的时候，那头就不中意田飞，万事都不与我们一条心。本来亲家也是合得来就勤跑跑，合不来就少来往的事，可是我再三和他们说了，白鹭要出去，田飞是不会一道去的，他们还是给她铺路。给我难堪事小，棒打鸳鸯事大。真要分了，田飞靠三十的男人不算老，还能找着人。他家的姑娘靠三十，又是二婚，难过的日子在后头呢。"

提起要出去闯荡的初衷，白鹭是嫌家里太安逸了。

"时间过得太慢的话，人会恍恍惚惚的。"她说有时候会连今夕何夕都想不起来，看到报纸才晓得，哦，今天是星期四，今天几号。

白螺镇上的日子一向如此——仲夏这样向她解释。

"田飞口口声声说妈妈老子在家里，出去了没人照应。那我呢？我不也是姊妹一个人？我爸爸妈妈他们在家也没说要人服侍啊。还没到七老八十呢。"白鹭想了想说，"他就是贪图安逸，他是从小到大过惯了这种安稳日子。"

白鹭为此和田飞争执之后回过一次娘家，大约有十天半个月的工夫。阿夏妈问："怎么不见白鹭？"其实是明知故问，艳丹的妹妹也在广播站上班，说气得回娘家去了。

田飞妈还强撑："她娘家有事，回去帮着料理。"

后来白鹭不顾阻挠执意北上，田飞妈才悲戚戚地说："外人眼里弄得好像我们对不起她一样，你叫她说句良心话，月子里我让她做过一件事么？中午炖猪蹄，晚上烧长鱼，哪一样不是伺候得好好的。他们是读书人，手是拿笔杆子的，做不得粗活，问她啭啭的尿布她洗没洗过一张？人家家里，媳妇生了丫头婆婆把眼色看，我哪敢啊，赔笑脸还来不及。"

可不管怎样，田飞妈当时并没有料到日后这样的局面，凡事还往好处想，想着分居两地未尝不会小别胜新婚。

起初也确实是这样。

白鹭说她当时在顾城的郊区租了一个地下室，不到七平方米。房子里日轴夜都靠开灯，靠着屋顶有个长条形的窗户，也不敢开下来换气，因为直对着马路，一开全是灰。公用的卫生间就在门外，那么大味道，自然也不敢开门。捂在房子里，时间长了，脸色都不对了。她有的时候想想，那段日子真是难熬，也骂过自己，有福不享偏往浑水里蹚。过年的时候回家里来，搂着田飞和啭啭爷俩抱头痛哭。田飞当着孩子的面不发作，只安慰她。夜里临睡，叽叽咕咕地训她。

"他这个人，从来不会心疼人。"白鹭说。

"这是你现在说的气话。他不心疼人，你为什么开始跟他好？"仲夏说。

白鹭想了想。她这性子在万事上都是一样的。家里百般的好，日子是神仙日子，她偏偏要出去闯，吃一肚子的闷苦。当初在学校里，比田飞好的有好几个，那个姓陈的男孩子，每天买了夜宵站在她宿

舍楼底下等着，她看也不看，田飞动辄就笑她胖，说她是杨贵妃，
他们一旦赌气吵架都是她先低头，她偏偏愿意跟他好。她说给同寝
室的姊妹听，关系寻常的说她有个性，要好的只说她犯贱。

但她丝毫不怀疑的是，她当初对田飞是动了真情的。就到今天，
到了她已经完完全全不再爱他的地步，到了看到他就作呕的程度，
她还是承认当初对他的爱的，并且能够回忆起来那种感觉。相形之
下，今天的痛苦也就翻倍了。

"算了，直接用推子推吧，这样剪要剪到什么时候？"
"推的会见头皮，而且以后长出来的头发硬，不软和。"
"推吧。"
电推子收割机一样地刮过发茬，嗡嗡直响。

在顾城，那种在地下室泡方便面就老咸菜的日子持续了数月，
生意终于有了眉目。在针织家纺的市场租到了一个角落里的门面，
虽然偏僻，但是好在后面有两间空房，合伙的姊妹四个正好两两一
间。挤是挤，比以前的日子却要好得多了。

因为是专门的家纺市场，竞争激烈，生意萧条，库存积了一大堆。
姊妹里有人提议买车，订货量大的客户，他们送货上门。白鹭说不妥，
因为有一批即将进库的货只交了百分之十的订金，仓促买车很容易
周转不过来。权衡利弊之后决定跟物流公司合作，经营了个把月终
见成效，又不甘心钱让他们分去，便还是要买车，又各自回家筹钱。

白鹭先是打电话给她母亲，她母亲说："你先跟田飞要，他要
不给我再拿给你。"

白鹭说不愿意向他伸手，且家里的钱都是老太婆管，田飞不做主。她这么说，倒被她母亲说了一顿："同床共枕的两口子，有什么话不能说的？钱是验心的东西，百试百灵。"

白鹭知道和田飞说没用，晚上在院子里吃饭时当着田飞妈的面略提了两句："田刚的车换了？"田刚是田飞的堂哥，贩鱼的。

"嗯。"

"要不少钱吧？"

"他有余钱啊，能换得起就换咯。他媳妇又能忙，两口子抱成团地苦钱。你大妈就算把她夸死了！说是多少世修来这么一个好媳妇。"

白鹭知道下面的话讲不了了。

晚上进了房间，澡还没有洗，身上湿湿答答的，田飞就要和她腻歪。她没心情，田飞又撩了她两下，她就搡了他一把。田飞有点生气，搭上条毛巾去洗澡。洗完回来，她就张口了："跟你妈要钱。"

"要什么钱？"

"店里要买车子送货。"

"要多少？"

"你先跟她要，她还不一定给呢。"

"你知道她不给还叫我去要？"田飞躺了下来。

白鹭又把他拉起来："去啊。"

"我怎么说啊？而且家里没闲钱，啼啼入秋要上小学，不要用钱么？"

"你舅舅家起房子借的钱还回来没有？"

"没呢。"

"我告诉你——他就是不想还了。你让她去要！还有你姨娘上
一阵子借的钱，说是到秋还的，现在就说急用，让她去要。"

"你发什么疯啊，我不去。"

白鹭知道跟他说没用，站起来就往老两口房里去。咚咚咚敲
了门。

"啊？"

"我。"

"来了。"

……………

接着田飞就遥遥听见吵起来了。

"又不是富得流油，钱没有地方放，哪家看见过这么无底洞一
样朝外面借的？"

"他困难，你又不是不晓得。"

"那倒是让他先还个万把万的啊！还啊！不是说田飞表姐姐在
邱城傍上大款了？这几个钱对他算个什么啊？"

"你家一家子才傍大款呢。"

……………

白鹭当晚就走了。

"我从没说过我是什么好人，但是有些事，凡是一方有担待也
不至于到这个地步。他就是接下来再找人，要是还对人家那样，迟
早也是散的多。"白鹭如是说。

娘家给了钱，姊妹几个凑一凑买了一挂车。生意渐渐地开始上

了路子。

白鹭不常给家里打电话，多是田飞打过来，全是以啼啼的名义："啼啼要跟你说话。"可是啼啼顶多说个两分钟，剩下的都是他在说——自己注意安全，买点好的吃一吃……诸如此类的话。说到最后一般会问："什么时候回来？"

她不耐烦："有时间再说吧。"挂了电话回味时却还是开心的。忙到心田干涸，他一注细流淌过来，很是养心。

但是在有些事上，远水救不了近火。那年夏天认识伟伦，显然就是近水楼台先得月了。

姊妹里头会说话的不多，就白鹭嘴皮子还算利索，所以生意多是她去谈。伟伦也是在谈生意时认识的。那是在沈先生的饭局上。沈先生说："白鹭你要放心，凭我跟你舅舅的交情，你就是我的亲外甥女。一年多的不说，就是上次的那种四件套我给你包销三千件。"

沈太太听他喝了点酒就夸海口，赶紧打拦头绊："你现在能把'三千'两个字写出来就不错了。"大家听了都笑。

沈先生的作风白鹭清楚的，万事只有说的本事，说完也就算了。认得他的好处，至多只是打通人脉，多认识些朋友。至于做实事，白鹭也从没指望过他。

中途伟伦进来了。很贴身的白衬衣，绷得紧紧的，隐约能瞧见肌肉轮廓，手持一杯酒，走近时没闻见酒气，却有香水的气味，也并不女气。"老沈！呐，嫂子也在的哦，我什么都不说。就这个杯子，你先喝下去三杯再跟我说话。"

沈先生只把头埋下去笑，沈太太也在笑，却不大朝伟伦看。

后来解释，昨天伟伦说请他们吃饭的，沈先生谎称在外地，现在竟在一个饭店，可算是捉了现行。

沈太太介绍，说伟伦虽年轻，但是和沈先生是忘年交，相交十年了。伟伦年少有为，酒店已经开到韩国去了。白鹭听着那口气，像是做媒，只淡淡应着。后来她把这个场景和感受又重述给伟伦听，伟伦说："女人不可能无缘无故听别人的话像做媒吧。"

那一晚，伟伦来串场敬酒之后就在他们桌坐了下来，那边的酒席由他的副总打理，只最后散席去打了招呼。

大家在酒店门口道别，沈先生问白鹭是如何来的，白鹭说是打车过来的。伟伦问住哪里，听说在家纺市场，只说顺路，便载她同返。沈先生上来掐他一把："你十天不玩这招心里就作痒啊你！"

在车上，伟伦的话匣大开，问她哪里人，今年多大，和沈先生什么关系……口气清醒得很。白鹭说："你没醉哦。"她坐在后厢，不想和他并排坐，却盯着后视镜里的他出神。

"见人说人话，见鬼说鬼话。老沈喜欢装醉，那就陪他咯。"这样跟她说，像是认定了她不会说给沈先生听，认定了当下这一刻，他和她比沈先生和她更要好似的。

白鹭笑了。

伟伦问她生意如何，她只说勉强度日。伟伦说："你直接从厂里拿货？"

"嗯。"

"那能定制咯？"

"能。"

"那你遇上我就算对咯。"伟伦在卢城新开的酒店要定床品了，"一共八百个房间，分上中下三等，尺寸还有床旗颜色之类的细节等我明天派人到门市和你谈。"

伟伦说得极轻巧，白鹭嗓子眼被心堵住了，说不出话。

"啊？行么？"

"老板你给财发，哪还有行不行的。"白鹭摁着心说。

"一声谢都没有？"

半晌她说："谢谢你。"说得倒很真。

次日他差人来谈，又过了一口她去他公司看装潢图好搭配花色，晚上伟伦留她一道吃晚饭，白鹭见他脸上有愁色，问了才知他母亲病重，刚刚送到卢城三院，白鹭劝他立即赶回去。伟伦知道她老家也是卢城，问要不要一起回去看一看："人渐老，总是见一面少一面的。"

她想了想，点点头。话虽是这个理，也感人，可到最后，白鹭扪心自问，却还是为了陪他多一点。

机票订得迟了，只有夜里的航班，乘客多昏昏欲睡，伟伦也在打盹。白鹭只坐过一趟飞机，还是白天，心里忐忑，睡不着，临窗，又想向下看，又不敢。偶然间瞄一眼，能看到一点熹微的光，不知是凡间的灯火还是天上的星辰。心里正松弛一些的时候，伟伦突然来捉她的手，显然是在梦里，又吓得不轻。不知什么时候睡着了，醒来时正歪在他的肩上，听见他说："要到了。"

对于田飞妈在外面散播的流言白鹭一概没有解释。她以前是最听不得流言的一个人，更加不会参与其中以讹传讹。流言多是说秘事，之于女人又多是说情事。白鹭看样子是个不羁的人，实际上对女人的操守看得很重。多数情况下，在这一点上，女人的作风和内心都是相反的。那些讲话蚊子哼，见了男人都会红脸的，上了床之后是什么样子，她们自己心里清楚。

白鹭从没有想过自己会在这一点上有什么差池，所以与伟伦的最开始，她总是皱成一团。可伟伦是滚开的一壶水，她这皱成一团的干花茶入了这开水，二度盛开就指日可待了。

看过了伟伦母亲，他开车载她回乡下老家探亲，后来回城时他们绕路从弘漤江畔走，白鹭知道他要散心。车子在暮色中行过一片百废待兴的土路，一时间烟尘流沙在大风里卷成了甬道，白鹭忽然想到一句叫作"黄尘千年不消散"的诗句，至于有没有这首诗她也不知道，或许有，也或许是她自己即兴编撰的。迷蒙之中，她和伟伦均有一种怅然，听得弘漤江上涛声如逝，还有轮船的笛鸣。伟伦突然停了车，俯下身子来吻她。

她事后想，自己似乎一点拒绝的表示都没有，并且带着一种柔和的迎合。

她就说嘛，不能坐在副驾驶上的。

回顾城之后，伟伦常常公开带她出入门厅，她不愿意，伟伦就生气，像个孩子。很快沈先生就知道了，继而她舅舅就知道了，她母亲便也知道了，电话里问是不是载她返家的那个先生，她不作声。母亲很奇怪地笑了两下，笑得不是时候，且不知是不是真笑。可是能看出来母亲喜欢伟伦比喜欢田飞多一些。那天在她家，伟伦说：

"不要忙了，搞点家常的菜吃一吃。"母亲偏偏又整出了一桌子菜。她一向是富贵眼。父亲不在家，在家更要起哄。不是一家人，不进一家门嘛。

伟伦不相信这一点，他认为自己很多地方比钱有魅力。白鹭说没看出来。伟伦说："是你没发现。或者发现了也不承认。"发现了也不承认——女人爱男人时才会这样。

她在商场里撞见沈太太带着女儿买衣服，见了她，把女儿支开了。白鹭知道她有话要说。她说："白鹭，不值得。"

"什么不值得？"

"你装糊涂。"

白鹭笑了笑。做拉链生意的闵经理说过的，沈太太和伟伦好过，沈先生知道当作不知道，因为女儿大了，要顾全大局，况且和伟伦又是多年的交情，又有业务往来，不好发作。白鹭起初不信，这下信了。至于沈太太是真心劝诫她还是吃回头醋，她不知道，也没兴趣知道。

但她那个时候对伟伦以及自己和伟伦的关系有了一个清楚的认识。

田飞来了。

白鹭忙着下货，没搭理他，他也上来帮忙，一边做事一边说话。白鹭心里算着账，他的话一个耳朵进一个耳朵出。最后他问起前段时间她回娘家的事，她才回过神来："嗯？一个朋友有事，陪他一起去的，顺便回去看看。"听起来不像谎话，也确实不是谎话。好在这一个"他"在口头上听不出性别，便可以一带而过了。她想她母亲应该是没有这个闲情逸致和田飞具体说当时的情景的。

她回头看了一眼做事的几个姊妹，都埋着头，也不像是要嚼舌根的样子。

晚上他们到小饭馆吃饭，田飞硬要点一瓶酒，绿玻璃扁瓶的二锅头，白鹭便道："你点了你喝，我不喝。"田飞就真的一个人独饮了一瓶，像是有一种愁结要借酒来浇灭。田飞并不是个伟岸的男人，但是他的愁却是一种男子式的愁，雷打不动的，只留存在自己心里，不与外人说。可酒是一个引子，是鱼饵，三两杯下了肚，很快就要把那些话钓出来了，它鲤鱼跃龙门，就要到嗓子眼了，窗外来了一阵风把他吹醒了，便又咽下去。他想说他夜半醒来的感受，伸个懒腰摸不到床的边沿，那种浩渺宽阔的空荡之感。或者下班回家，经过申家门口那段不好骑的石子路，就下来推，站在滚烫的斜阳影里，心跟影子一样拉得长长的，再多拉长一寸就要断了。

他什么都没说，只一味地在问她，在打听她的生活。他没有别的意思，只是想饱食一顿回去慢慢消化，想她的时候心里能有个材料。

白鹭懒懒地承应他，口气里带着一些倨傲。她不想如此，可自然而然偏又如此。

热脸贴冷屁股——她上学时对他做的事。现在掉了个个，算是打了平手。这转眼就过去的十年光景，像是冥冥之中凭空画了个圈。

那一晚在旅馆，白鹭本来没有一点兴致，但是却很配合田飞，像是仅能给他的一点补偿。

田飞走后，她有两三日没见到伟伦，这正合心意。可是这空白持续到一周之后，她急了，犹豫着要不要给伟伦打电话的时候，沈太太在一次酒席上告诉她，伟伦新近在卢城认识了一个女孩子，正打算到不丹结婚。她说："是吗？他也没通知我们喝喜酒啊。"

沈太太看着她，笑了笑。

又隔了三四天，伟伦打电话给她，约她出来吃饭，她想了想还是去了。

白鹭问他去了哪，他说回卢城看他母亲了。她冷笑一声。伟伦放下茶杯，做出一个安静的等待她发问的表情。

"老沈老婆说你要结婚了？"

"跟谁？"他反问她，用脚尖轻轻踢她的脚尖。

她重重地踢还给他："少来！"

晚上就在他酒店，他们固定的房间，她用力地咬他肩膀。伟伦不像以前经得起玩笑，生气了一样："属狗的啊！"

"何止是狗，兔子急了还咬人呢。"白鹭淡定地背对着他，反手扣胸罩。

临睡前她把沈太太的话原原本本地重复给他听，问他是不是这么回事。伟伦没否认，但说只是认的一个妹妹，小女孩话还说不周全。白鹭听他说"小女孩"三个字，心上好像被锤子砸了一遭。因为她仔细想了想，她居然已经是要三十的人了。再想想，这逝去的三五年光景，她到底用来做了什么？好像什么都没，指间沙一样，今漏一粒，明漏一粒，通通流走了。

她生出些自怨自艾的懊恼。

伟伦扭熄了灯，她看见门边的蚊香头一闪一闪地，里头大约有一味艾草，香气之后留下一点清苦的余味，像是笑中有泪的意思。

伟伦年底的时候到底结婚了，至于新娘子是不是沈太太说的那一个，白鹭并不清楚。他一向是东一榔头西一棒，搞不清楚这交椅到底有多少候选人坐过了。但她是从没坐过的，因为清楚各自的路途，也知道萍水相逢不能做妄想。但终究有些伤心。像是古人说的——起高楼，宴宾客，楼塌了。就是为这一套既定的流程感慨。绮筵一场，劳燕分飞。

白鹭也去赴宴了，不去不好看。

伟伦看见她，热情地搂住她，指了指西面的一桌："白鹭，他们在那儿呢。"要是没记错，该是他头一回喊她的名字。她连连点头。也向新娘子点点头，一脸的笑。

沈太太倒没来，托说身子不舒服。她见沈先生当着这么多知情者的面独身前来，沈先生见她来，两下里都是吃惊的。上了桌不停地互敬，好像看谁可以坚持到最后，谁先把谁撂倒。最后还是白鹭道行不够先败下阵来——九两白的下了肚，面如血色，溃不成军。

伟伦在走道里看见她进了洗手间，一句招呼也没有。

伟伦自然没再打电话给她，可是田飞的电话竟也少了很多。她不虚荣，但也承受不住这种突然之间的冷落。好像突然之间通货紧缩。一道创业的姊妹也不敢劝，话说不到点子上倒容易招她生气。而且前段时间为了分成的事闹得不愉快，这时候说什么话都像虚情。

好在没过多久到了岁末年初。火车到苏城站，再要转大巴回河婴，最后搭城乡专线回白螺。田飞知道她行李多，特意赶到苏城去接。在苏城汽车站等车时，白鹭看到角落里一个卖金鱼的摊子，走过去挑了两只，一红一黑。红色的是狮子头，黑色的是蝶尾。

田飞说："车上挤来挤去，人都要挤扁了，还买什么鱼？"

白鹭不搭他，上了车什么都丢给田飞，自己捧着一塑料袋的水，时不时地举起来，透过太阳看里面两只小家伙的动静。

在家留了五日白鹭就预备回去，田飞妈吃饭时突然冒出一句："就算是旅馆也要房钱的啊。"意思是她在外面挣了这么久的钱，一分没有贴补家里。白鹭本来有给的打算的，听了这话反而改变主张，她母亲在电话里劝："该敬奉的还是要敬奉，以后的路还不知怎样，你做得完善，就不至于落人口舌。"白鹭便丢了一些钱给她婆婆，只当换个清静。

临走前一晚收拾行李，想带几本书在路上消遣，到书柜里翻找，竟然翻出了田飞搂着一个女人的合影，右下角打着的日期就是上个月。白鹭把它夹回书里，还放回原位。

"阿夏，你没结过婚，有些事你再通情达理也是不明白的。像我们这样的两口子，除了离还能怎么样呢？"她打比喻，说瘤没长大，拿刀子一剜，还能痊愈。等到碍事了再来碰，疼得就要下不去手了。仲夏剪完了，拿一条干净的毛巾给她掸，她说："不用，回去洗澡。"

仲夏问她住在哪里。因白日里见她和田飞妈厮打，已开始把自己的东西往外搬。

"我就在隔壁柳叶家的旅馆住一晚，明天就走了。"白鹭突然有点恋恋不舍似的，"明天回顾城去，大概就不回来了。阿夏啊，恐怕这就是最后一次请你给我剪头了。"

仲夏被这种无形的感伤传染了，嗓音也变得柔和："不会的，啭啭还在这里等着你。"

白鹭低下头去。因为头发短，头顶看起来像个男人。她站了一会，慢慢走出门去。

这一夜，雨水过后竟然出了月亮。月亮照着水洼，就处处有月。桑枝的鞋子刷好了，摆在走廊下，包着卫生纸，月亮映衬着，所以白得发着微光。

在这微光世界里，一只迷途的白鹭飞来又飞走。

除了那两条金鱼和隔夜的香灰，她好像什么都没留下。

○

三十六里水路到南塘

| 五月十六　多云 |

柳叶的旅馆在周日的这天一般都是她远房表妹春水在打理。她本人不在家。前一天的晚上，她会早早地烧好开水送到各间客房去，让春水在楼下的柜台里守着。

隔天早上，早起的老人，比如磨剪子的邬老爹会看见她提着一个蓝花布包的行李往南边的码头去。"急匆匆地，我喊她，她装作没听见。一定是装的。我喊得多大声。"

桑枝在择菜，闻言抬起头来问："去码头？那是到香寅还是南塘？"

"谁晓得。"

柳叶平日里甚少与周围邻居往来，对此，阿夏妈的抱怨也颇多。

"我跟她说，让夜里回来的房客手脚轻些。左说没有用，右说没有用，还是咚咚咚地上楼吵死人。我心脏本来就不好，叫那些人弄醒，到了后半夜就再也睡不着，捱到天亮。"

仲夏说："她一个女人，开个小旅馆也不容易，能包容就包容些。"

一个开旅馆的独身女人——大家的好奇心就在这里。

阿夏妈想了想，说："不该在你们孩子面前说这些话的。其实她做姑娘的时候名声就不好听。"镇上略微有些年纪的人对于柳叶的往事还是清楚的，那些事一度沸沸扬扬，是大家茶余饭后的谈资。那时候仲夏还小，模模糊糊听见晚饭桌上的父母谈过几句。

柳叶到现在靠四十的人了，都还没有成家。用晏伯母的话说就是——谁敢要她？那时候闹成那样！

从柳叶现在的样貌不难推断出她年轻时的容颜，一定是极美的。镇上的女人常常说她托生在柳家算是赚着了。柳叶眉，杨柳腰，还有一把柳丝一样茂盛柔软的头发。

柳叶十九岁的那年老柳开始安排她相亲。柳叶也不是不同意，只是觉得太早。那年她刚刚从卫校毕业，进了卫生防疫站上班。柳叶生得美，照外人的推断，情窦该开得早。可事实相反，那时的她对此几乎一窍不通。

老柳手里的钱不多，柳叶的弟弟柳杨正在外面当兵，过个几年退伍回来就要用钱。柳叶早点嫁出去，一来了了他的夙愿，二来家里腾出地方给柳杨带媳妇，三来柳叶要嫁得好，在这一点上还能出些力。

第三点自然是没有摆在脸上的，毕竟是父女。

柳叶母亲庄玉婶子心疼姑娘，劝她男人少在姑娘身上想财路，且还想多留柳叶两年。老柳以为是柳叶让她母亲说情，在桌上说女大不中留，庄玉婶子还略与他拌了几句。柳叶不想他们老夫妻伤和气，也就答应了。反正迟早是要出门的。

头一家是托柳叶四叔介绍的，胡家的男孩子，虎头虎脑的，正准备子承父业接手他父亲的石灰厂。庄玉婶子在外间和胡家妈妈说话，小胡和柳叶在书房里看影集。先是胡家妈妈让他们年轻人自己说话，小胡就和柳叶说了几句，实在想不起什么说的了，便把手边的影集拿出来给她看。打开没几页，掀起硫酸纸，有一张小胡三岁的时候身子精光捧着大水蜜桃的照片，他立刻伸手来捂，柳叶一阵笑。

后来，柳叶和小胡相处了一段时间。晚上小胡来家门口喊她去镜湖边散步，她也去。庄玉婶子问都和他聊些什么，她说没什么。谈了要有一个月，胡家妈妈上他们家来，想通过庄玉婶子问柳叶的意思，到底行还是不行。柳叶这才回了话，说把小胡当弟弟看，说他憨。胡家妈妈听了极生气，有整整一个星期在路上见了庄玉婶子都不说话。

邻居之间传了些话给庄玉婶子听："她说，你没有和我儿子谈的心，做什么千依百顺的，他喊你去吃饭去玩，你都承应。直接说谈不拢不就行了。"

庄玉婶子听了，也觉得他们这边理亏，回家一边做着针黹一边和柳叶说话："现在人家都把枪口指向你，说你贪小便宜，用他的钱，却不和他谈。"

柳叶听了，放下淘米篮子，穿过天井默默地走过来："我用他什么钱了？"

"不是说一定是钱，那人的精力比钱值钱。"庄玉婶子知道自己的话刺耳，转个弯说。

柳叶揪住不放："他跟我在一起从来没说过什么私房话，我只当大家是普通朋友。他又憨，我不敢当头一棒，主动说我不和你谈。他如果主动提起来的话，我肯定要说的。一个月来，总共吃过三顿饭，有一顿是我硬要给的钱。他另外送给我一条手链，我说不要，他丢下就跑了。前几天说不谈了，我要拿出来还给他。他说不好，像过家家。这不都是他的主意啊。"

庄玉婶子不说话了。老柳下了工回来，说："你把你四叔都搞得难堪。他就在老胡的厂里，低头不见抬头见的，像什么？"

柳叶当时没有和她父亲翻嘴动舌的，次日五更起了个大早，拿出一些私房钱和那条手链，用信封包好了扔到胡家的院子里。东西轻，掉下去在地面上刮擦了一下没什么动静，柳叶怕他们听不见，又扔进一块石头，走了。

只有年轻不经事的少年人才能做得出来的事。

后来在厂里，老胡和柳叶四叔说："你们家人做事都神不知鬼不觉的。"

柳叶四叔不懂，把话重给老柳听，老柳也不懂，柳叶倒是听见了，放宽了心。她可不管好看不好看，只要互不亏欠就行。

过了四五个月，小胡结婚了，是河婴城里的一个女孩子，家里开洗染店的。娘家的嫁妆装了整整一卡车，轰隆隆走泡桐树大街上过，花车又是好几辆，绑着五彩绸，呼呼啦啦在风里飞。很多人去看，庄玉婶子也去了，回来说给柳叶爷俩听。

老柳低头吃饭，说："跟我们有什么关系？"

庄玉婶子说："我的意思是胡家太招摇了。"

柳叶说："他们招摇是他们的。"

庄玉婶子瞥了她一眼，心里还是不大舒服，毕竟胡家还是不错的人家，怕过了这村就没这店了。

好在第二年入夏，柳叶在香寅的姨娘给她物色了一个人选，是塘安的人家，家里是卖重型机械的，姨娘眨眨眼睛撇撇嘴说："我们厂里一个职工的小舅子在信用社里上班，你晓得他银行存款有多少？真是富得流油哦。"老柳本来在内间看电视的，渐渐地也出来了，先是站在门里喝茶，后来到底端了凳子坐出来了。

庄玉婶子问："男孩子本人干什么的？"

"和柳杨一样，在外头当兵，现在转业回塘安了。你愁什么，还能没事情做，他老子肯定要花钱跟他找个好工作。"

老柳坑头抬眼和庄玉婶子目光对接了一下又闪开。

姨娘说："还看什么看？要谈赶紧的。就人家这家的条件，男孩子长得又俊俏，说媒的早踏破了门槛。就现在，我要是领了柳叶去，也不一定能排上号呢。"

　　柳叶当时在上班，庄玉婶子到她房里拿了一张柳叶的照片交给她姨娘。老柳拦下来了，说："她不上相，真人比照片好看。"

　　"只有这么着。不在一个地，总不能叫人家翻山涉水来看吧？老妹的方法还是对的，终归还是要有眼缘，看上了也就好办了。"姨娘说着拿上照片出了门。

　　老柳老两口在屋子里转了两圈，都有点不是滋味，感觉自己站在下风口里，很不得劲。

　　三天之后姨娘来了，一进门就喜鹊登枝似的："人家把柳叶夸死了。"这天柳叶正好调休在家，场景就很像是放榜中状元似的。庄玉婶子看她莫名其妙，这才解释了一番。柳叶却恼了，丢下饭碗回房里去了。

　　姨娘惊诧了："你们都还没跟她说？"

　　庄玉婶子说："怎么跟她说。你这是捎好消息来了，要是坏消息呢？她脸往哪儿搁？"

　　姨娘说："还是怪你们，应该知会她一声。不过这下子不是好消息么？不是该高兴，怎么还生气？"

　　老柳笑着说："不管她。那头还说什么了？"

　　姨娘也是做的二手媒，她和男孩子家里的一位舅妈认识，托她去说的。这下舅妈回了话来，说预备下周末过来瞧一瞧。

　　庄玉婶子慌了："到我们家来？破屋烂窖的，叫人家哪块站得住脚？"姨娘又好气又好笑："谁来看你这房子了。"说罢，朝柳叶房门努努嘴。柳叶也在房里听着他们的动静呢，霍地一掀房门："谁给他们看！"姨娘笑了："我也没说人家要看你啊！"

柳叶涨红了脸。姨娘半哄半劝地把她拉过来："你妈妈老子这么筹谋，还不是为了你嫁得好？你到人家去过少奶奶的日子，他们又不见得就能上门讨到你的一口热汤喝，福是你自己享的。人个是大户人家，人个男孩子也在外头见了不少世面，你不要畏畏缩缩的，叫人家笑，要大方些个。"

柳叶知道事成定局，也只有顺坡下马，坐下来听她姨娘说。

"你们到那一天摆一桌饭就行了。不过人家也不会稀罕你的一顿饭，肯定你吃不着亏。"意思是事情成与不成，都会有见面礼的。庄玉婵子见她说得露骨，赶紧吱吱呀呀打了岔。

接下来的几日，庄玉婵子里里外外地忙了起来。先是着人把外墙粉了一遍，内墙的雨渍倒也算了，外墙上多是办证的人盖的黑戳，实在是难看。院里陈年八代的老家伙——旧椅子、旧鸟笼、废瓶子、缺角的花盆……能卖的都卖了，不能卖的也只好扔掉。老柳面上斥责她行为贱，"又不是皇帝南巡，别一副哈巴狗相"，实际上心里也在打鼓。姨娘托那头的舅妈把他们的电话给了男方的父母，当天晚上就来了个电话。老柳举着话筒，满脸堆笑，好像人家能看见他的笑容似的："嗯嗯……哎呀您费心了……是的是的是的，是年轻人的事，我们干着急唉……有机会一定去……"庄玉婵子嫌他白螺方言说得难听，一个劲地用胳膊肘捅他，让他说普通话。老柳憋了两句四不像，脸憋得通红。挂了电话，长长地喘了口气，说："下回你来接。你妈妈的。半条命都没得了。"

柳叶倒是一点也不着急，按时按点上下班，还是平常的脸色。庄玉婵子说："你去做条裙子啊。"

"伏大姐店里的活儿多呢，做也赶不上穿。"

"就是赶不上穿，以后你和他相处不要穿么？"老柳说。

"他就看上我了？他看上我，我还不一定看上他呢。"柳叶推车出门上班去了。

男方的人来了。

只来了父母和说媒的舅妈。后来简昊父亲解释说："他奶奶，还有他姑姑他们都要来，我说头一回，还是不要乌乌泱泱一帮子朝人家家里跑的好。"老柳搭错了筋，连连点头："是是是。"庄玉婶子见他昏了头，使了个眼色给他。老柳这才改口："哪里的，还是应该来玩玩，人多热闹嘛。"

简昊父亲拎着烟和酒，他母亲拿的是塘安特产的野鸭和蜂蜜。简昊和他舅妈跟在后头。柳叶看了他一眼，简昊也在看她。他也长得好，只是柳叶始终觉得他的笑有点猥亵，于是吃饭的时候沿着圆桌面，选择了一个和他成三点六点直角的位置，这样，既和他隔得远，也不会看到他。

柳叶跟着她母亲进厨房端菜的时候，庄玉婶子笑嘻嘻地说："应该是没什么问题的。我看他妈妈一直朝你看呢，脸上笑眯眯的。"

柳叶不作声。

饭后，简昊舅妈说："要不你们出去玩，我们说的话你们也不爱听。"简昊站起身，冲她向门外一扬下巴，也是猥亵的姿势。柳叶说："外头太阳太毒了。碗也还没收呢。"

事后，柳叶的这句话老柳和柳叶姨娘各执一词。老柳说她不给面子，当着上人回绝。"谁不想找个听话的媳妇？"姨娘说，"我倒觉得这话说得无伤大雅，而且女孩子和人家头回见面总要矜持一点。"

于是两人只在席上坐着。

简昊父亲问："这么会，在防疫站上班？"

柳叶点头。

"伟民的叔叔不是开了个私人门诊吗？"简昊父亲问简昊母亲，"说起来工资恐怕还要高一些。"

简昊母亲笑着点点头。

老柳听出了话音，是想叫柳叶到他们那边去，说："她这个班哪里上得爽快。调了一拨老人到县里医院去，又有几个年轻的做事不利索被劝退了，站里拢共就几个人，一周只歇一天，还总是三班倒，睡不了安稳觉。最要命的是再苦再累工资也赶不上人家有编的。"

柳叶方才驳了简昊，现在即使听出了苗头也不敢再说话，只能任由他们去。

外面起了风，刮得葡萄藤一阵一阵地响。简昊问："葡萄能吃了么？"庄玉婵子赶紧起身："还没熟透，要不去摘几个你们尝尝。"姨娘说："柳叶去。"说着朝庄玉婵子看了一眼。

"小昊去帮忙。"他舅妈也催他起身。

柳叶搬了一张凳子在藤架下，地面不平，简昊说："我帮你稳住。"两只手臂仿佛就要贴到她的小腿上了。柳叶后悔，不该穿裙子，该穿条长裤的。

简昊问："这葡萄什么时候种的？"她想他一定是低着头的，因为那声音听来就是朝下的。她放了些心。

"不知道，我小时候就有了。"

"这么多，吃得掉吗？"

"吃得掉就自己吃，吃不掉就送给亲戚邻居一点。"

"可以酿葡萄酒吗？"

"没人会。"

"我妈会。"

"她手真巧。"

庄玉婶子捡了几个紫的洗净了端给简家的人。大家吃了，又说了一会话，简昊父亲起身要走，临行前柳叶听他向她父亲说："那个，回头你再跟她商量。"柳叶知道是去塘安的事，人一走她就说："我不想去。"

"还由得了你了？"老柳被简昊父亲洗了脑，看都没看她一眼就上了楼。

柳叶最后悔的就是去塘安。她觉得灾难都是从那个时候开始的，从父亲母亲把大包小包塞到简昊父亲车子的后备厢里开始。她后来同误解她的人说："我就是这种性格，挣扎也挣扎过，只是总不像人家那么忤逆，总想着自己多忍一点，让他们做上人的心里好受。"

可就是因为这种半推半就，她才一步步地，每况愈下。最后阴天拖粮草，越拖越重，小挣扎变成了大爆发。

私人门诊的日子很悠闲。只有郭大夫和另外一个护士小王。郭大夫的侄子是简昊父母的干儿子，熟人熟事，想必也交代过。内间的病人刚刚换了一瓶新水，他们三人在外间闲谈。

"老简两口子就是这个特性，热心。"郭大夫说。

"热心也要看什么人啊。我三舅要买一台机了，他一分钱也没让。"小王低着头剪指甲，像是和郭大夫唱双簧。

柳叶低着头，看见角落里一盆不知名的绿草，蓊郁，仿佛一把能掐出很多汁水淋淋的故事来。房间里静静的，日光落在门口，外面是街市上忽密忽疏的人影。

郭大夫见她不说话，更进了一步："他们到现在还没给简昊找差事呢，倒先紧着你。"

柳叶听着不顺耳，说："是他自己好逸恶劳不想上班。"

"你不劝他？"

"哪儿轮得到我来劝了。"

午间郭大夫回家吃，她和小王在对面餐馆买了点菜带回来吃。原来是简昊给她送饭的，送了一周不送了，想是他母亲怕这样会纵惯得她拿大。可是简昊中午一般还是会来一趟的，不然他们远路迢迢地把她弄到塘安上班就失去了意义——不就是为了方便他们相处么。

小王见简昊来了，把柳叶往隔壁的药库里推："我来洗碗。"

一次两次三次，柳叶不好意思了。简昊却只是笑，一句客气话也不说。小王当着柳叶的面不说什么，心里还是不高兴的——他家只是有钱，又不是有权，总搞得人家是趋炎附势地巴结他们一样。

药库里暗暗的，垂着帘幔，因多数药品有避光的忌讳。柳叶给简昊倒了杯水，问他上午做什么了。简昊说去了朋友那里。柳叶问是不是要开汽配店的那个朋友，简昊点点头。柳叶说："他跟你借钱你答应了？"

"太熟了。不好意思。"

"有什么不好意思的。你手倒是快得很，你妈妈老子一年到头赚点个钱多不容易。你没上班，全当是发山水淌来的钱。"

柳叶本是好心地劝他上班，感受赚钱的辛苦，能体谅他们做父母的难处。可是这话飘到简昊母亲的耳朵里却变了味，想着还没过门就有横夺财政大权的意思了。

简昊说："你简直和我妈一样。"

柳叶不说话了，也知道他们的程度她还够不上说那么许多的话，于是低下头核对进库的药单子。简昊夺过来，说："郭大夫找着你这样的可算是捞着了。从头到尾一天干下来一分钟也不歇。"

柳叶窥见对面药橱的玻璃挡板上自己幽幽的影子，心里忽然奇异地胶着起来。不知道怎么会莫名其妙地来到了这个地方，和眼前的这个男人不够格、男孩又算不上的人有了某种隐秘牵连的关系。简昊显然也看到了，循着她的眼神看他们的射影，看着看着就来吻她。她不懂，也没有抗拒，她真的不是爱他。只是没有懂得情爱，以为那情爱就是在这个议程下面一点点的地方等候着她，再进一进就能够到了，周而复始却终是海底捞月。

懂得，是在认识裴文璟之后。

　　他们初识那一天的中午，她在简家吃的午饭，简昊母亲提出来让她到他们家来住——此前她一直和小王住在郭大夫提供的宿舍里。

　　这是关系更进一步的标志。柳叶左思右想，一直没吱声，简昊母亲却当是默认，下午就叫简昊带人去帮她收拾东西。小王自然是很高兴的，不仅为着自己宽敞了，更重要的是她丈夫来宿舍看她，要方便了许多。

　　简昊的电话打到门诊来的时候，文璟正逆着光朝里走来，脸色不大好，眼睛里却因病有一种苍白的温柔。

　　"十字起？"柳叶回过头来问小王，"简昊问有没有十字起，他帮我卸相框呢。"

　　小王摇摇头。

　　"你跟邻居借一个。"她匆匆挂了电话，怕误了来者的病。

　　"到后面去，里面有床位。"郭大夫对他说，又嘱咐柳叶，"大小各一瓶，再拿两盒罗红霉素给他。"

　　柳叶领着他往后面走。

　　"简昊那边要是让你去，你就先回去吧。"郭大夫说。

　　"没事的。"这一声说得极响，遥遥地荡漾在过道里。

　　文璟的手伸了出来，脉络明显，柳叶轻轻把针头推了进去，把流量调节到最慢。她想：他要是问起来就说第一瓶不能太猛。文璟没问，闭上了眼睛。她趁着他休憩悄悄地看了他两眼，又很快走出去，怕被他发现。后来过五分钟她就进去看一回，生怕药水提前结束。

"干吗呢你？"小王问。

"幻听了，总好像有人叫。"

另两个病人挂完了当天的剂量，走了。只剩下文璟。暮光把空荡荡的房间渲染成一种寂静的赭色。柳叶去最后一趟时，水已经要见底，她就留在那没走。

"你在哪上班？"柳叶问他。

"绿桥饭店。"

"做什么的？"

"厨师。"

"没看出来。"柳叶笑着说。伙夫在她心目中是有固定形象的，没他这么斯文。

文璟也笑了。双眼皮叠成细细的一条，像是飞鸟羽翼的流线。文璟走之前，柳叶嘱咐他明天最好早晨或者晚上来。"那时候凉快点，人也少。"

晚上到家时，简昊母亲正在客厅里看电视，茶几上有一碗洗净的樱桃。她招呼柳叶来吃。柳叶便吃了几个。简昊母亲问她上班累不累，郭大夫人怎么样，病人有没有胡搅蛮缠的。柳叶就一一作答。简昊母亲瞧出她没有说话的兴致，就直奔主题，问她简昊如何。柳叶的舌头把嘴里的那枚樱桃核拨来拨去，点点头。

"这是什么意思？是说他好，还是不好？"

想了半天，仍旧是模棱两可的"还好"。

简昊回来了。

　　大概是去和朋友吃麻辣龙虾了，两瓣嘴唇肿成了待开的花苞。而且喝了酒，身上有酒气。她母亲拾起一颗樱桃朝他脑门心一砸。杀鸡给猴看，但柳叶没有慌张。简昊的眼睛却瞪了起来，要发火似的，慢慢地，火又偃息了，说："我不跟你们玩，我洗澡去了。"

　　简昊母亲也回房间休息了，关门前对柳叶说："这也能算'还好'？"

　　柳叶临睡前听到了简昊在隔壁的鼾声。持续而绵长，像是会伴随她整整一生。她的身子猛地往下一沉。她催着自己睡，却越睡越睡不着，最后实在是累了，才慢慢地失去了意识。混沌之中，她觉得自己好像还是在诊所里，是哪一个午后，伏在案上，百叶窗的细纹打在脸上，带着日影的轻重。她是在值班吧。郭大夫和小王去了哪里不得而知。诊所里静悄悄的，远远地响着药剂在输液管里流淌的声音。

　　她听见有人喊她。似乎是说水要完了，听不大清楚。她想去看的，可是脚也抬不起来。太困了，再多睡一会，就一小会。

　　突然她睁开眼，文璟就站在她面前。

　　"你怎么不叫我？"她问他。

　　"没敢打搅你休息，我就自己拔了，可是好像有点回血。"他伸出手腕，血顺着低垂的手指一滴一滴地落在白瓷砖上，像是一簇樱桃。

　　柳叶在恐惧和恶心之中惊醒，月亮堂皇地挂在头顶。她很少相信解梦和命理，却隐隐觉得这梦是一种凶兆。

　　文璟是在隔天晚上过来的。柳叶等了他一天。

"本来傍晚就能来的。晚上突然添了两桌人，走不开。"文璟伸出手臂。柳叶鬼使神差地拂了拂昨天的针眼，不像是出血的伤口。

"感觉好点没？"

"好多了。要不然你代问问郭大夫，今天挂完了能不能停了。"实际上，是他不想再请假看老板眼色。

"不行。"意识到这果断的口气略显唐突，柳叶就又耐心地解释给他听，"一瓶探，二瓶治，三瓶固。"

郭大夫先回家了，不一会小王也接到她男人的电话，说是有事要先走。柳叶说没事，到十点她会关门。柳叶把外走廊和外间的灯都关了，说："这不是公家医院，水啊电啊都要老板自己掏钱的，我们能帮他省一点是一点。"

文璟笑了，说："你做人家的媳妇肯定会过日子。"

柳叶像是被嗡嗡乱撞的蜜蜂蜇了一下。

文璟说起了饭店的事，说他师傅前两天做了入行以来的第一回错事。"别的菜就算了，是糖醋排骨，放成了盐不是要命吗。"话音还未落，柳叶就笑了。"客人又啰唆，非要下来找他。"理论了一圈之后老板给他免了那道菜的钱，记在文璟师傅的头上。他师傅心里不痛快，一直想着这件事，后来又把一道菜记错了。又是一顿骂。

文璟说："后来回家，睡觉之前他突然跟我说他没得几天活头了。我以为他是担心丢饭碗，就安慰他，说不至于，此处不留爷，自有留爷处。他说他得了癌。"

柳叶的笑容收了。房间静得像是在深山老林里。

文璟说他很自责，一点苗头也没瞧出来。或者是师傅乐天，总是笑嘻嘻的叫人瞧不出。"反正我当时一颗心猛地朝肚子里陷。"他这病就是一下子为师傅急出来的。

文璟是个孤儿，吃百家饭穿百家衣长到十五岁，碰上了师傅才熬出了头，有了姓，有了一口饭吃。"除了他我没有别的亲人了。他也一样，打了一辈子光棍，我就是他的儿子。"文璟的眼睛倒不闪泪光，是大哀。

"那他现在人呢？"柳叶问。

"在家。不肯上医院。饭店另找了个老师傅顶他的班。"

柳叶不想戳人痛处，就不再问了。文璟却说："其实想想，他没有什么负担。"他说师傅没有老婆孩子，没人为他发愁。没有上人，所以也没有白发人送黑发人的后顾之忧，可以放心地走。"他对这个世界没有什么要交代的，说走就可以走。"他长长地呼出一口气，补充了一句，"我跟他其实是一样的。"

"别瞎说了。"

文璟的水吊完了，向她打了招呼，要走。柳叶瞥了一眼挂钟，是九点五十。她看他踏入茫茫的夜色，心里不安，就提前关门与他一道走。

梧桐树窠里的路灯黄而耀眼，老街开裂的路面上布满斑驳的树影，一层浓的叠一层淡的，浓淡深浅得像是套印不均的年画。有自行车咣里咣啷地从他们身边骑过去，如白蛾嗡嗡地飞过光区，飞入黑暗。百货公司关门了，菱格状的镂空门成了它的守夜人，卫护得它固若金汤。远处有个小摊在冒着热气，好像是涮麻辣烫的。文璟问她要不要吃，她说不卫生。文璟没再说话。柳叶心里后悔，应该陪他去吃一点的。因为他刚刚把两瓶冰冷的药水用体温和血液消耗掉了，心是冷的。热的食物从食道滑过，人会觉得暖和。

"这辈子大概都没有人会像你这样陪我走这么长一截路了。"文璟并不看她。他们面前是汹涌的夜色。"别瞎说了。"这话像是她认识他之后新添的口头禅。"以后的路还长着呢。"一语双关的一句话。

多年之后，柳叶回头看，总觉得是命运在这里埋了个伏笔。草蛇灰线，终究会串成长长的一条。

柳叶先到的家。文璟住在城北，那里的房租便宜。在简家花园后边的小巷子里，柳叶停下脚步。其实她还想再送他，确保他安全到家，可是总觉得再往前走会很明显。她作为女人，已经快要越界。文璟说："明天见。"

"明天见。"她从没和人在这样的夜晚以相送的形式道别，忽觉心如鹿撞。疾步穿过花园走上楼，走到自己的房间里撩起帘子看他在夜色中慢慢地走着。一个人的夜行无论怎样看都是落寞的，像是一桩惆怅的旧事。何况他本身就是悲哀的。

"回来了啊。"简昊母亲敲了敲她的房门。是嫌她回来也没到她房间打个招呼。

"唉。"

简昊母亲在等着她问简昊怎么没回来，她却没有开口。"简昊和朋友去乡下玩了。"她只好主动说。

"哦。"

"中午走的。"

"是吗。"

"那你洗洗准备睡吧。"门又带上了。

简昊从乡下回来的那天晚上，文璟来门诊开止痛药。柳叶一度以为他在那三天挂水的疗程之后会从自己的视野里消失。他说他师傅疼得受不了。柳叶说："赶紧送医院啊。"文璟说他顽固得很，怎么也劝不动。郭大夫不在，柳叶让小王照看着门诊，她和文璟走一趟去瞧瞧实情。刚出门拐弯就碰见了简昊。

怕简昊杯弓蛇影，没等他开口问，柳叶就说是去看病人。

"什么时候你们也出诊了？"路灯底下，他酒后的一双眼睛看起来雾蒙蒙的。

柳叶不想耽误工夫，拉上文璟就走。简昊也没拦，只在后面喊："回家要怎么说你可得想好了啊。"

文璟再度踩上了自行车，柳叶轻轻跃上去。文璟看出了些什么的，柳叶也知道他看出来了，等着他发问或者说点什么，他却一直沉默着。在通往城北清旷黯淡的路上，柳叶嗽了几声，文璟都还是沉默。或者确实很难讲——刚才那样电光火石的，像被捉住一样的遭遇。

昏黄的夜路像是电影胶片，他们在上面滑行，距离短的话就是一帧画面，距离长了就是一个故事。柳叶这样想，觉得美好，忘了行程的目的。

文璟的师傅死于半月之后。到场的有饭店的老板娘和几个端盘子的服务员。只有一个叫四美在淌眼泪。

后来另几个先走了，柳叶去送她们，听见老板娘极不屑地说："她跟他睡过的。"

四美问文璟："六七做啊？还是做一下吧。好看一点。"

文璟说："做的。"

四美拢了拢头发，说："唉，唉。我们不能惜乎这个钱。"

文璟点点头。

四美走了，脚步迟迟地在过道里蹭，柳叶不时通过门口朝外张她一眼，生怕她一个趔趄会猛栽一个跟头。

文璟捧着师傅的遗像找地方放。柳叶说："就搁在客厅吧。"

"客厅朝南。他怕热，还是放在北边吧。"

空气浑浊黏湿的午后，柳叶想起那一晚来看文璟师傅的场景，想起他说的话。师傅跟文璟说："我想吃个糖水鸡蛋。"柳叶说："我去做。"师傅坚持叫文璟去。

文璟去了，师傅说他孤孤单单活了这么久，也活够了，所以走就走吧。他没受过多大的罪，也就谈不上想享多大的福，唯一少的就是儿女缘。好在有个文璟。也就是他叫他心里记挂。师傅顿了顿，说："你要是觉得他还可以，就跟他过吧。我就安稳了。"

柳叶茫然地望着那两只眼睛。那眼睛像是一口枯井，等待着她春雨的讯息，如果能有甘霖降落，井里就会生出一根碧绿的藤蔓似的。

混乱的思绪里，她听到了文璟用勺子和碗盛糖水鸡蛋的声音。

她轻轻地点了个头。

　　她接下来要问很多人的意见。问文璟，问简昊，问父母。她最不愿问的是文璟，因为被动。其实之于其他人她都是被动，可是在文璟面前的被动总是要显得"被动"得多。

　　柳叶还是先问的文璟。这个步骤在后来被她自己推敲过。她一度怀疑自己是个有城府的女人。因为若文璟并没有这个意向，她却先跟简昊摊牌，也许就什么都没有了。或者她不急于向简昊摊牌是因为自己对他并不是一丝感觉都没有。这一次的"先"和"后"是她一直没有过去的坎，之后的几十年都压在她心上。

　　文璟听了没觉得惊讶，像是之前的沉默中已与她彼此间达成了共识。他说："我什么都不如他。"

　　"如不如不是你说了算的。"柳叶拿出了一点裁判的架势。

　　在文璟踌躇的过程中，她和简昊母亲也交代了。简昊母亲问："他怎么了？"

　　柳叶摇摇头。

　　"那是你怎么了？"

　　柳叶倚着门框不说话。简昊母亲径直走到简昊房里，咚地带上门。他们母子大约合计了一会，柳叶听到简昊在里面喊："你让她走好了。那个人我都看见了。"

　　柳叶在当天搬离简家。

　　那晚简昊在门诊附近撞见她和文璟，回来并没有问什么，只是总像要随时质问。这比问出口更让人悬心。柳叶不想受这个罪，每天早起晚归，特意避开和他碰面。

一天晚上她洗了澡准备睡觉，简昊门也没敲就进来了。

柳叶坐起来："我就知道在你们这住不安生，我马上还是搬回宿舍去住。"

简昊捋了捋头发："到底是谁不安生。我没想过你会是这种人。"

柳叶生受了一记耳光一样，仰起脸在越窗而来的月光中和他对峙，但又觉得无言以对。他像是也没说错什么。

柳叶辞去了诊所的工作。大约是搬出简家之后，简昊父亲给了郭大夫信，郭大夫做了她很久的思想工作。"年轻人，工作感情是两码事。再说了，对象处不成，朋友总能做吧？简昊还是不错的。"柳叶听不进去，执意辞了，去文璟做事的饭店端盘子。日日夜夜，和文璟形影不离。

"我现在无处可去。你再不留我，我只有像你小时候一样到处流浪了。"

柳叶没和家里人说。老柳知道这么些变故已经快要到文璟师傅的三七了。

他的电话是打到了诊所，郭大夫接的。老柳问柳叶在不在，已经多时没和家里联系。郭大夫说："吃人饭不做人事的人我留着干吗？"老柳当时就撂下电话奔塘安来了。他一辈子没有大出息，但也没有什么人跟他说过重话。

老柳找到文璟在城北的住处时，柳叶正在叠元宝，他一个嘴巴子就扇了上去："稍微要点个脸，你也不会做这种事。"柳叶不想惊动街坊，无奈老柳一直在叫嚷，邻居们闻风而动，都来敲门，老柳见状索性作践到底，开了门，扯着嗓子喊："柳家不是没有家教的，传出去人家也不会说我。"

正说着文璟回来了，挤开围观的人群要朝里走。柳叶朝他使眼色被老柳看见了，老柳立即冲进厨房拿了菜刀出来。邻居拦着，文璟隔着多少人的胳膊向他解释了几句，众人劝他走，不要和急了的人理论，文璟就只好拉上柳叶一起走。老柳挣开人群撵在后面喊："说死了不过坐牢枪毙，也不让你个狗日的得逞。我个姑娘养了这么多年，你是拿出了一个钱一个钞？叫你这么受用啊？"

行人们都停下来看。一条大路只供他们一家人奔走。

老柳跑着跑着被石头绊倒，一扬手把菜刀撇了出去，砍在了文璟脚踝上。

柳叶就是自那时起知道了什么叫满城风雨。她身上几乎囊括了所有的罪名。对老柳，她是不孝。对简昊，她是背弃。对简家父母，她是吃里扒外。对文璟，她是红颜祸水。

街巷里说，老柳收了简家十万块钱的彩礼，姑娘都跑了，也不来退钱，过了这么久才来唱双簧做戏给别人看。这话是真是假柳叶也不知道。老柳那一跤摔出了脑溢血，当时就不行了，她也没处可问。

护士们窃窃私语，要真是十万块钱买一条命那可亏大了。护士们有一个似乎和她是卫校的校友，脸熟，却一直只是拿眼冷观着，不上来和她说话。

老柳被送进了太平间，文璟刚刚从手术室出来，死的死，伤的伤，柳叶这夹在当中的人虽是完好无损，却也是体无完肤。

黄昏时，窗外是火烧云一朵压着一朵的晚天，像是煮沸的一锅血。文璟睡醒了，要水喝。柳叶坐得久了，身子都麻了，几乎是挪着步子给他倒了杯水，眼泪汪汪的。文璟伸手来拂她的眼泪，说："还是我太穷了，没本事光明正大地跟你谈，能用一条腿换，就已经很值了。"

柳叶不管不顾，终于号啕大哭起来。

庄玉婶子情绪稳定一点的时候跟柳叶说："你要是想你老子死不瞑目，你就和他过去吧。我不拦你。"

柳叶怔怔地说："死人要难为活人，活人也要难为活人。"

院子里的葡萄熟透了，没人摘，落在地上，烂了，糖水糊了一地，蚂蚁们闻风而动，乌压压爬来一大片。柳叶想了想说："我先给他换个清静的地方。塘安是没办法再待下去了。"她带着文璟搬到了南塘。收拾停当的那天晚上，暴雨一直在下，闪电一道接着一道。文璟说："你放心回去吧。我一个厨子，还怕饿死？"

柳叶问："你怎么知道我要走？"

文璟不说话，轻轻地翻了个身朝里。柳叶从后面拥住他。他们只是不准她嫁给他，没说不准再见他。这个漏洞她还有钻的办法。

柳叶就终身未嫁，每个周日都会到码头乘船去南塘，帮文璟洗洗衣服，收拾家务，寒来暑往就是十年。第十年庄玉婶子去了鹿城，因为柳杨在那里成了家，庄玉婶子要去哄孙子，临走前说再也不会回来，柳叶要是愿意，再去和那个男人过日子她也不会过问。

　　母女之间隔了十年的一句顺水人情，柳叶听了，只一笑置之。

　　这十年里，他们每周见上一面，她给他洗澡，剪趾甲，揉颈椎，做人妻应该做的事，已经成了惯性，就像结过婚一样，所以也无须再走那个多余的流程。反而，如果两个人在通往中年道路上突然结合，外界未必不会非议，沉淀了十年的往事又要翻起沫渣。于他于她都不是好事。

　　柳叶始终觉得自己仍还是活过一遍的。文璟不论是她的福祉还是灾难，这种生活不论是幸运或者不幸都是她亲手拣选。她无怨无悔。

　　有时，风过内室，文璟在席上沉睡，屋里阒静如湖，她也会暗想，如果那时按着父母亲的计划，跟了小胡或者简昊，日子会是怎样呢？真的就幸福了？

　　坎坷也好，坦途也好，何时是能预见的。

　　柳叶的旅馆周日的这天一般都是她远房表妹春水在打理。她本人不在家。前一天的晚上，她会早早地烧好开水送到各间客房去，让春水在楼下的柜台里守着。

　　有时收拾好了，她会走到隔壁发廊来借用仲夏的电吹风。

　　她刚刚洗了头，湿答答的头发濡湿了丝质的衣领。看见仲夏在镜中看她，就浅笑着自言自语："出门不能邋里邋遢的。"

　　她出门去哪里，去见谁，仲夏无意打听。

　　他只是很钦佩她——为了值得的人，倾尽了这一生。

○

娘
舅

| 五月十八　夏至　大雨转小雨 |

娘舅，仲夏只有一个，在阿夏妈姊妹里排行老大。

所以，这一个被称为"娘舅"的人在夏至这一日出现时，仲夏和桑枝都觉得奇怪。

娘舅留着平头，蓄着浓密的胡子，穿一件烟灰色的布衬衫，后背沁出些汗迹，像是黄梅天里地砖返潮。阿夏妈介绍说是远房的娘舅，做买卖路过的。娘舅应和着点点头。

仲夏不信，和桑枝相望了一眼。

娘舅的嗓子很粗糙，像是得过咽炎之类的病。略大声就如北风吹黄沙一样。他低低地问阿夏妈："摩托车停在门口会不会碍事？"预备逗留很久一般。

阿夏妈对桑枝说："壶里有凉茶么？兑点开水给娘舅。"

娘舅喝凉水不服。阿夏妈与他多年不来往也依旧记得。

雨水把院落里的石头打磨得极其温润，上面皮肤一样覆着的一层青苔也是细腻的，像个温柔的罩子，罩着心事。

雨水落在鱼缸里，溅起一闪而过的涟漪，鱼在涟漪下面潜沉着。

上午未知有来客，阿夏妈炒了三鲜饭，打算和仲夏兄妹俩就着一点虾子酱吃。这会说："我去买点卤菜，马上就回来。"说着开始解围裙。

娘舅硬是把她拦下了："忙什么！你要是去的话我就走了。以后也不好意思来了。"

阿夏妈无法，把家里余下的一点子青菜和百叶炒了炒。

饭桌上，人比往日多，话倒比往日少了。只有阿夏妈认得他，也就只有她先开腔。"小忠这么到哪里去了？"小忠是娘舅的儿子。

"跟着他几个朋友出去做瓦匠了。"听语气，娘舅好像对这事不大放心。

"结婚啦？"

"媳妇坐月子呢。"

"呐，你这个人吧，也不喊我吃喜酒！那年我在城里碰见小忠的时候我就嘱咐他了，带媳妇一定要记得喊我。你们太没意思了！"阿夏妈很不高兴。

娘舅尴尬地笑了笑，说："说起来活丑呢。"娘舅朝仲夏和桑枝看了看。

阿夏妈说："没事唉。"

娘舅还是抹不开面子，等仲夏他们吃好了离桌后才说："小忠这个狗东西，弄得人家怀住了才告诉我们。我说送医院，月香和女家的人都不准。只有结婚。我跟小忠说——你苦到什么钱了，急着要个女人。他气起来了，才出去找事做的。"

"年轻人嘛，不着急，都是慢慢来的。"阿夏妈劝道。

娘舅的脸上浮起一点淡淡的追忆的表情，说："也不能慢慢来。年轻的好时候就那么短短的几年工夫，很多事情划过去了就是划过去了。"

阿夏妈的筷头在碗里蜻蜓点水地抖了一下。

下午，在牌友们来之前，阿夏妈把娘舅送走了。而娘舅走之前，阿夏妈又让仲夏帮他把胡子刮一刮。"胡子不知道多显老呢！不该留。"

阿夏妈自己和桑枝两个人坐在边上拣米。米是泡桐树大街上邹家粮油店里买的，约莫是陈米，吃着又硬，沙石子又多。桑枝本来要去退的，仲夏可怜他们孤寡老两口卖点东西不容易，也就算了。

阿夏妈问："你们乡里的田还承包给人种没？"

娘舅脸上盖着热毛巾，声音更加呜呜的："没。本来也没有几亩，都匀给庄台上的人了。"

阿夏妈说："是这个话呢。富的帮穷的，穷的帮实在是穷的。我老是跟仲夏桑枝说，我们上上下下虽然没有几样家私，但是比上不足比下有余，还算过得去了。你现在好歹生意做得好，多做善事是给小忠给子孙积福呢。"

娘舅是二十七岁之后发的家，在河婴城里做陶瓷洁具生意。这也是他同意小忠去做瓦工的一个重要原因——可以帮店里带一些生意。

可二十七岁之后的事，阿夏妈知道得也不多，都是道听途说——他在城里开店啦，小忠阑尾炎在县人医做了手术啦，他和月香两口子闹离婚啦，发大水他联合了几个商家捐出了一大笔钱啦……啰啰唆唆的事都是道听途说，可也是不间断的道听途说，保持着一个连续的新闻状态。这种连续是故意还是无意，阿夏妈不愿去想。

而二十七岁之前的事，阿夏妈多数在场。

"月香这么做什么？"阿夏妈问。

"店里忙她就去管管，不忙她就在家哄孙子。"

二十七岁之前，月香和阿夏妈几乎就是仇人。月香同娘舅说："你们男人就是这个德性，送上门的不要，非拣那个够不着的做白日梦。结婚就是结婚，又不是策反，苦口婆心不见得能有用。"她评价起阿夏妈来也是毫不留情的，"我要是男人，这种女人给我我也不要。你要么就跟我好，要么就死得远远的。动不动就过来撩你一把——我全是为了你好。"最后这一个"好"字拖得迂回悠长的，像是要原模原样地复述出话音里潜伏的阴谋，末了又恶狠狠地补充："放你妈妈一肚子屁！"

月香在城里的针织品市场卖袜子，有一回看见了阿夏妈，上去就搡了她一把："郁凤珠，你以后少给我人不人鬼不鬼的。"登时就乌泱泱围上一帮子人来看热闹。

阿夏妈沉默着挤开人群走了，也没去他那里打招呼。怕月香误

会上添误会，以为是她去找他告状。她晓得，她要真是去找他，他
饶不了月香的。

没过一个月她就和仲长生结了婚。他和月香也在次年领了证，
但也只是领了证，没有摆酒宴请。这也是月香每每和他吵架都要拿
出来的话柄："我顾月香对不起哪个了？结婚时不要谈新房子了，
你他妈的一片瓦都没的，一桌饭都没有摆。你去问问哪个女人能做
到我这个份上。"

那时候娘舅家确实困难。他家祖上就穷，人口又多，几亩薄田
养不活一大家子，他有两个姊妹甚至被过继给了别家，还有一个小
妹妹被卖到北方去。

就因为这一点，仲夏的外婆不大同意他们的事，阿夏妈知道不
能拖沓，越拖越糟，才又和仲长生相处。娘舅知道了，当晚就进了
河婴城，再没回来。

"小忠的媳妇是哪里人？"

"远呢，渐山那边的。"

"哦，那是远呢。"

"他自己在外头玩的时候认得的。"

"孩子可以么？"

"就是话多一点，别的都还好。"

阿夏妈笑了。他爱清静的一个人碰上个话痨怕是不大好受。不
过月香就是话痨，他也习惯了吧。有天晚上她从河婴回镇上，他送
她到车站。在候车室里，她问他："月香还好吧？"

"对我是好，就是话多。"

她想，又要马儿跑又要马儿不吃草，怎么可能呢。男女之间，就是因为嘘寒问暖的话多，才显得好啊。

他又问："你上来，长生问么？"

"他每天忙着店里的事，哪块会来问这些。而且我又不是来玩的，供销社拆迁，东西上哪儿买？还不是要到上面来买。"

仲夏开始上剃须膏了。厚坨坨的一层铺在下颔，像是积雪遮盖着崎岖的山路。

阿夏妈才要说话，仲夏打断了她："我要用刀了，妈别引舅舅说话。"阿夏妈低下头去。仲夏觉得自己说了这句话之后略有些舒心。一口气出了似的。娘舅来的时候他想起了父亲仲长生。他想：这时候的父亲会在哪里呢？是漂泊还是安居？是否也会在这样的落雨天想起他们母子？他到底有没有归期呢？如果有，他们就等；如果没有，他们也好断了念想，不至于如此悬心。作为男人，他能第一时间从娘舅眼中读出他与母亲之间一种无言的往日情意。他了解母亲的为人，绝不会妄自揣测。但总觉有一种伤感，好像她和父亲一样，都在离他而去。

剃须刀沾上泡沫在脸上刮行的声音有些像火柴划在皮盒上，久久不着火，有点黯然。

阿夏妈想起了什么，丢下手里的活计往厨房去了，不一会回来时手上拿着一包用塑料袋扎好的菱角："邻居给的，今年第一番菱角，特别嫩。"

娘舅说："不用唉。"

阿夏妈说："我老是想起那个时候，跟你还有川莹他们一起到湖里去摸鱼挖菱角。你欢喜吃菱角，拿鱼跟我换，回去被你妈妈骂得要死！"

娘舅顺着阿夏妈的思绪浅笑了一下，似乎也是少时情景历历在目的样子。

娘舅问："川莹还跟你联系没？我都多少年没见过她了。"

"她男人不在了，她到邱城去了，靠着她兄弟，姊妹之间有个照应。"

"呀，男人怎么的？"

"说是肺癌吧，才四十三岁，真是损德。"

"不得了。"

这么多年里，有些人走了，有些人死了，有些人漫无目的地活着。光阴就是这样过去的。

"以前玩的几个里，只有你，日子越过越好，享福！"阿夏妈说。

娘舅苦笑，似乎话里有话："我的苦是吃在前面的。而且有些事没上心想，算不得是好日子。"

仲夏兑了一盆温水给娘舅清洗。擦拭干净后，娘舅望了望窗外的天，说："雨小了点了，我要走了，店里还有事。"

阿夏妈说："我送送你。"顺手就拿起了门边的一把大黑伞。

娘舅先前把军绿的雨披担在了摩托车上，这会又穿上身，跟仲夏桑枝打了招呼，走了。

夏季雨水中的白螺镇让人的眼睛像是蒙上了一层雾，一切都是绰约如在云间的。桑枝搬了小板凳坐在门前看雨，看对街人家搁在门口多时被雨水泡腐的雕花板。

她依稀还能看见街与天交界处，阿夏妈和娘舅的背影，像是在交谈。阿夏妈的黑伞成了浮在水上的一个墨点。

印小林这几天一直在县城公安局里进修。她心里有点空落落的。她想自己是不是真喜欢上他了。她侧过脸去瞥了一眼仲夏，他在看电视，里头正在转播一场比赛。

不一会来了客人，仲夏忙起来了。

阿夏妈不多时也回来了，眼角竟挂着泪痕。仲夏和桑枝见了都不敢言语。她从不是好淌眼泪的人。

过了很久，阿夏妈才告诉仲夏："他哪是路过！特意来给我送钱的。"

阿夏妈送他走的时候，娘舅一路都在说——不是接济，是我们的情分。

阿夏妈一时又感极而泣。

○

嫁
衣
裳

| 五月廿二　晴 |

喜鹊明显变得沉静了。

桑枝还记得她姐姐燕子结婚的时候，喜鹊穿着一身红色的伴娘装站在饭店门口接引四方宾朋，伶牙俐齿，八面来风。叫人会误以为她才是新娘。

现在终于轮到她出嫁了，提前来仲夏这里烫头发。因她母亲总结出了经验，说提前烫的话，过个十天半个月再看显得自然。

喜鹊坐在烘罩下面，嘴动人不动："在纸袋子里，你拿出来看看。"

她说的是她当初的伴娘装。桑枝拿出来一抖落，还是明艳的大红。

　　“请伏大姐改过了，你回头试试。”喜鹊说。

　　仲夏帮她上完了药水又忙着给别人剪头，从镜子里扫过来一眼：“你呢，也还穿你姐姐的那条裙子？”

　　那一年，喜鹊是在燕子结婚当天的早上赶回来的。“前一天下午刚刚考完全部的科目，晚上赶到火车站，八个小时到家，一个小时梳洗，然后就又连着耍了一天，一分钟没合眼。”说起这个，她兴奋起来，又成了当初叱咤的少女，眉眼里吹着轻快的风。

　　她父亲在翻橱子，似乎是找一条陈年的领带。声音被柜门挡住了，呜呜的：“红色斜纹的那一条。你放哪儿了？”

　　“阁楼里呢。没工夫给你找。”她母亲的声音也听不清，因为刺啦一个荷包蛋下锅了。“随便啦。谁看你，又不是你结婚。”

　　“哦。”她父亲捡了个暗蓝色的。

　　喜鹊在给她姐姐补妆。燕子下嘴唇的口红不小心溢出来了，得卸了唇周的粉，重新描画。喜鹊胆大，心却细。

　　“什么时候能拿到婚纱照啊？”

　　“谁晓得。艳丹姐最近忙。看照片干吗，马上都能看到人了。”燕子保持着口型，声音也是含混的。整整一个早上，喜鹊听什么都听不清。她怕是自己头搁车窗上颠簸睡了一夜，把耳朵抖坏了。

　　“他爸妈到现在连面都没露一下。”

　　这句喜鹊听得清楚，像是迎面一个大耳光，速度极快，振聋发聩。

　　喜鹊没见过关山，但自然知道他是上门女婿。她父亲母亲做出这个决定的当晚，燕子就给她打了电话。

"513 施晓喜电话，513 施晓喜电话。"

拖鞋底一路抽过楼梯熟练地冲下来。

"他爸妈也同意啊……话是这么个话……我不别扭，你用不着
管我，我以后反正嫁出去又不在家……"

值班室的阿姨一直在剪指甲，喜鹊一挂电话她就接过来话茬：
"你姐姐招女婿了？"

喜鹊点点头。

"男孩子做什么的？"

"厂里上班。"

"他家里还有兄弟吧。"

"有两个。"

"其实都怪你。你投错了胎。要是托生成个小子，你妈妈老子
哪里还要烦这些神。"阿姨也是南方来的，说话的声口活像喜鹊母亲。

喜鹊慢慢上楼去了。阿姨遥遥地喊："叫你老子给你买个大
哥大，省得接个电话上来下去的，又不是没钱。"

"212 傅爱云电话，212 傅爱云电话。"

夜间的月亮太明亮，升到天心，穿过阳台照到床铺上，喜鹊觉
得自己像是躺在一口水晶棺材里。她拿枕巾把眼睛蒙起来，还是睡
不着。邻床的姑娘伸过手来挠挠她的头顶，说："是你太笨了。我
要是你，打小就能料到他们今天的想法。不过你就算幸运了，没叫
你招。"

"想不通为什么。"

"为什么？为了肥水不流外人田。谁叫你家有钱。人说安贫乐

道的呢，穷点的人家操的心少，但凡是有点钱的总要想方设法地守财。"

"这话不对。他怎么不安贫乐道？"她还没见过姐夫，就下了这样的论断。

"你就知道他一定是看上了你们家的钱么？"

"不然呢？"

"你姐姐不也很漂亮？"

"漂亮的女孩子多了，找个家境相仿的就是咯。干吗受这种委屈？"

"人各有志吧。好在你以后就是嫡嫡亲的小姨子了，四下无人的时候可以问一声啊。"

关山的车队到楼下了。载新郎新娘的那一辆就是施家的私家车，另外几辆是喜鹊父亲托朋友开来的。喜鹊一掀窗帘，俯瞰幢幢的人影。大多认识——父亲厂里的司机，会开车的大毛二毛兄弟，文化局叔叔的驾驶员……剩下来的不是他也是他了。

她母亲的声音响起来了："辛苦了，进来喝茶。"

燕子提着裙裾下楼了，喜鹊跟在她后面，又想用她的头挡着一点自己的脸，又嫌她的头碍事，总是把头歪出来一点。照面时，关山冲喜鹊点了个头，喜鹊也笑了一下。笑得心慌，不知该是怎么个笑法，或者当她考虑到"怎么笑"这个问题时就显得不大对了。

大家喝桂圆红枣茶，说说笑笑的。关山显然和他们不大熟，一直寡言少语。喜鹊斜觑他，虽在同一水平面，可仍有一种先前在二楼的"俯"的感觉——上眼皮一提，眼睛仁儿朝下。

上喜车时，喜鹊父亲坐了后面的一辆。燕子、关山、喜鹊和她母亲坐前一辆。关山要请他岳母坐副驾驶，喜鹊母亲淡淡地说："今天你不坐那不好看，坐吧。"语气还算随和，但喜鹊听着刺耳。看得出关山也稍愣了一下，站在烈日底下，鬓角滑下来一滴汗。燕子催促："别耽误时间啊，走吧。"关山上了车。喜鹊时不时地在后视镜里瞧他。

喜宴吃到一半，关山的父母弟兄才初露庐山真面目，说是车子晚点。喜鹊母亲在家叽叽咕咕的，这会自然顾着大面，请他们上座。只是并不是之前预留的位置——燕子的舅舅一家要赴另一桌宴会提前走了。这是空出来的。先前的杯盘碗碟里堆着骨头和鱼刺，还没有清理。

关山的家人吃毕了饭就走了。他母亲带了一副金镯子给燕子，没有当着施家夫妻的面。燕子说不好，推来推去很久，喜鹊看他母亲脸上挂不住了，就替燕子收下了。他母亲走后，燕子说："你要戴你戴。他们回头问起来你别赖到我头上就行。"

果然施家夫妇听见了很生气。喜鹊母亲倒还好，只是嘀咕了两句，又说："也让他们尽尽心吧，不拿白不拿。就是人家嫁姑娘也是要陪嫁的。"

喜鹊父亲沉默了半晌，说："那你娶了人家儿子给彩礼了？"

她母亲不作声了。

她父亲又发了话："喜鹊你回头还给你姐夫吧。叫他谢谢那头亲家。"

"我不好意思哦。要还叫姐还。"喜鹊抱着双臂倚着门。

她母亲皱着脑门眨了眨眼，意思是她姐姐他们在隔壁的洞房里，听见了不好。

她父亲说："拿你倒好意思拿的啊。"

他们家住得偏，不远处是荷塘，喜鹊洗了澡睡下时听到了明亮的青蛙叫。像是一条声地在帮着她父母责怪她多事。她又听到了隔壁洞房里的动静，似乎是在争执。过了一会有人开门出去，再过一会有笃笃上楼的声音，最后她隔着被风吹皱的蚊帐看到了站在楼顶露台上的关山。她把镯子揣在睡衣口袋里，也上去了。

关山说："我不要。谁给你的，你给谁去。"

喜鹊说："你做个好事吧。不然他们要说死我了。"

关山想了想说："她不要，那就送给你吧。"

喜鹊说："那叫什么事。"说着朝他怀里一塞，转身准备下楼。

"这年头，真是人人都有钱。金子都送不出去。"

喜鹊站住了脚，又不由自主地，像是个上了发条的芭蕾小人八音盒慢慢地回过身来。"那你先收着吧，等我什么时候结婚了再送给我。"

关山笑了。那一刻，喜鹊感到了一丝真实。

午后。大家都在房里休息，关山在书房里头做叶脉书签。叶子他前几日都已经煮沸刷洗过，晾在玻璃上隔了这几天已经干了。他这会在用红蓝两种墨水染色，染成了忧郁的雪青色。

喜鹊摇着一柄檀香扇走进来，走在帘帷投射下来的阴翳里。"姐姐睡啦。"

"嗯。晚上九点睡到早上七点，中午又睡上两个多小时。不知道她怎么这么缺觉。"

"你管她去呢。她睡成了一只猪那是她的事。"喜鹊一笑。

关山闻言倒警觉地抬头看了她一眼，随即又低下头去。喜鹊细细回味自己刚才的话，似乎确有不妥，像是连睡觉这件小事他也没有插嘴的权利似的。但她确保自己没这么想，只是想逗笑而已，反弄巧成拙了。

她父亲把书房设在阴面，因为安静。这件房子本来是储藏室，书橱也是储藏柜改造的，辟出来给他们小夫妻俩用。好在关山的东西不多，橱子上寥寥无几的东西并不显得拥挤。

喜鹊把玩他的酒精灯和一些瓶瓶罐罐，问："这都是哪里淘换来的？"

"学校实验室淘汰的。"

喜鹊又问他制作叶脉书签是跟谁学的。他说是跟他父亲。

他说父亲是中学化学老师。他后来学化学专业也完全是受他的影响。"总是把科技救国之类的话挂在嘴上。"小时候也许还会认为家长志存高远，长大成人才晓得，没有谁有那么大的情怀，只不过是想儿女有个好出路。

"可是我学得不精，还是没学出来。"关山的一排睫毛把心事挡得严严实实的。

喜鹊不明白他所说的这个"没学出来"是指什么，是说今时今日寄人篱下所以显得学未致用？想至此处，喜鹊略觉得关山有些女气，自怨自艾似的，就说笑着回自己房里去了。

　　晚饭桌上多是喜鹊娘仨和关山。喜鹊父亲整日地应酬，常常要到夜心里才能回来。饭前女人们在厨房做饭，关山原来提过要帮忙的，燕子说："这么会烧饭，这么勤力，不如介绍你去做保姆咯。"关山就不插手了。

　　燕子说话很轻，也没有明显的讽意，再平常不过的语调而已，可听起来怎么都显得轻蔑。喜鹊看不惯——你的男人，连你自己都不卫护他，那还能指望谁卫护他。

　　燕子也看出喜鹊的情绪，私下里说："他把自己当男人待，我才能把他当男人待。"

　　喜鹊母亲吃了几块菜，说起了后天的计划："后天你爸爸上苏城去，我要去银行结账，南边四姨家儿子带媳妇来，你们去出个礼。"是吩咐燕子和关山。

　　"我不去。"燕子一边喝汤，一边轻声说。

　　"你哪儿都不想去。蛇鳖洞里过日子！"喜鹊母亲不高兴了。

　　喜鹊说："那我去吧。"

　　"你去有什么用？"她母亲白了她一眼。燕子结婚，他们并没有请南边四姨，现在她倒好意思请他们。喜鹊母亲叫燕子小两口一阵去是亮给他们看一下，打他们一个嘴巴。

　　到那一天却是喜鹊同关山去的。燕子歪在沙发里看书，她母亲说："死蛇烂鳝的样子！"又看看整装待发的两个人，说："也行。"喜鹊母亲的意思是——喜鹊去了也是个警示，看喜鹊结婚的时候他们还敢不来。

　　路上，关山问喜鹊："她还蛮在意这个的哦？"

喜鹊笑了笑说:"倒不是在乎那一点礼金,是不能吃亏的性格。"

喜鹊在国外的一个姨娘回来了,问这么大的喜事怎么不通知她回国。喜鹊母亲笑着说:"见不得你受那倒时差的罪。"说说笑笑进了内间,姨娘摘了眼镜和遮阳帽,看着墙上挂着的婚纱照,夸是郎才女貌,又给钱他们小两口。关山本就不喜承应生人,见了面道了好也就出去了,余下她们两代姊妹在里面说话。

姨娘听见门外脚步远了,这才变了脸,一口未改的乡音:"你也是过回头了,怎么想得起来的,难看死了。哥哥也说难看,喜酒吃到半路就坐不住要走了。"

她母亲先是一怔,又说:"又不是从我这块的头。而且我也不当家,施建国要招,我能怎么办?"

燕子佯装没听见,盯着电视看。

姨娘说:"原来跟妈妈打牌的那个姓华的女人,她家姑娘不是也这样么。找的那个男孩子看样子也本分。没到两年的工夫就当家了,现在离掉了,他们一分钱也没落着。"

喜鹊母亲说:"好久没见他们了。"

"在邱城,我也是听人说的。可怜老头子东跑西跑求爹爹告奶奶的,有什么用,那个男孩子早盘算好了的,事情做得天衣无缝。"

喜鹊母亲耳根软,露出讶异害怕的神色。倒是喜鹊沉默了半晌来了一句:"姨娘这话不对。女的嫁男的就没有坏心了?古时候还有武则天夺权呢,后世又有哪个女人像她。总不能一竿子打翻一船的人。"姨娘晓得她会说,古灵精怪,不和她辩。她母亲却暗暗看了她两眼。

　　黄昏时分，喜鹊在院子里浇花。向阳的玉簪花挺括地开着，花瓣真像玉琢的一样。暮色在院落里逡巡。喜鹊听到关山的自行车链条声，没等他到门口就开了门。关山的脸色不大好，像是中了暑气。喜鹊说："堂屋里有凉下来的一壶绿茶。"话音刚落就听见楼梯上嗒嗒一阵声响，喜鹊看了一眼，是燕子下来把茶端上楼了。

　　关山脸色更难看了。

　　喜鹊勉强笑了笑："你还没习惯？反正我从小跟她一块长大，早就习惯了。"

　　新闻联播过去了，喜鹊听到她母亲唤她。父亲也在床边正襟危坐的。喜鹊知道有一场会要开，便也一言不发地，默默地低着头玩弄手腕上的一根红绳，等着他们训话。半晌也无人吱声，喜鹊一抬头，见她母亲拿胳膊肘抵了她父亲一下，又朝她抬了抬下巴，他这才说了。

　　"关山说你棋艺不错？"

　　"下着玩的。"

　　"他下的是象棋啊，你什么时候学会的？"

　　"在学校跟同学学的。"

　　"哦，过两天邱城的货调走了，厂里没什么事了，我跟你下两盘。"

　　喜鹊早已听不下去，如坐针毡，想不通父女两个讲话为什么要绕这么大的弯子。是因为她长大了，还是他老了？

　　"我很尊重他的。就是单纯下下棋而已。你们要是看不惯，我以后不下了。要是她看不惯，你让她自己用点心。没看见过哪家的新人小两口像他们这样的，也没看见过套缰拉车还嫌马骚的！”说完不等允许就走出了屋子。又因末了的一句说得大声，隔壁也传来很响的一声，是木盒子之类的东西被狠狠地掼在地上。

喜鹊还是自觉的。每天晚起半小时，早饭等他们吃过一轮再下楼，中午晚上多又提前吃，或出去找朋友。这样，她母亲又有了话说："你这做得太明显了。"

喜鹊冷哼了一声："这也不行，那也不行，难玩呢！"

她母亲说："嫡亲姊妹为了一个外人伤和气，你自己想值不值得。"

外人。喜鹊觉得后脊梁骨像被一只冰凉的手摸了一把。

喜鹊不纠结，因月底就要开学。她也不打算等到月底，想过了二十号就走，可以依仗后面火车票难买的借口。她母亲听了一愣："这么早？中秋回来啊？"

"再说吧。"喜鹊急匆匆地用汤拌了半碗饭上楼了。在楼道里迎面碰上关山。他在明，她在暗，相对无话。喜鹊听到她母亲的足音朝着楼道来了，才向他开口："今天没上班啊？"

"嗯，你下午上哪儿玩了？"

"随便出去走走。"

"哦。"

上下交错着行开了。喜鹊觉得手里的饭碗沉沉的。她知道她心里还是有点俯视他的，只是她不像他们这样外露。或许这种内隐更加值得她自己鄙薄。真的是鄙薄——被一群自己不在意不喜欢的人烦得团团转。

　　临行前一晚，她母亲准备了一顿饭，一家人一个不少地坐了下来。夕阳西沉，明月东升，天地被一种红与白交融过的淡淡的粉色笼罩着。门槛，椅子，玻璃，餐具，花卉，在这光线里都像是披了一层纱。绰约的东西总是带着一种惆怅，却并不是为着明日的别离。她母亲开始和她父亲说话，一搭一茬地，听得出没有什么话说，只是不想看到这种寂静的场景。他们又顺带着撩拨他们。最后燕子主动开口了，有了一点做姐姐的大度样子："去年冬天的棉袄没带回来吧。"

　　"没，都在学校。"喜鹊喜食素，鱼汤里的青菜都被她挑拣了去。

　　"到那把它拿出来晒晒。北边没有黄梅天，但是衣裳捂的时间长了也不好。"

　　"唉。"

　　吃了一会，关山说吃好了，让大家慢慢吃。喜鹊母亲说："再喝点汤吧。今天才买的新鲜草鱼。"

　　燕子说："他要赶着出图呢。"

　　"哦。"她母亲的声音很通情达理似的，像是这个没什么水准的理由倒再充分不过了。

　　关山上楼去了。喜鹊没抬头，大家好像也没朝他看。就像他一直以来给人的感觉，是一种游离的状态，没有人约束，随你来去自如。

　　燕子因为与她和好而愉快起来，尘封多时的话匣大开。喜鹊却没听进去几句。有一种晓得了结局就对一场电影的经过没什么兴趣的感觉。

喜鹊看了看手表，问："阿夏，还要烘到什么时候啊？"

桑枝回过头来看了一眼，说："还有五分钟，快了。"

仲夏把剪头发的客人送出了门，说："烫头发跟烧菜一样，讲究火候的。"喜鹊想：火候是什么呢？就是至彼时水到渠成吧。

"五一三施晓喜有人找，五一三施晓喜有人找。"

喜鹊以为是小伍，她跟他说过几次他俩不合适，他还是不听，极贪玩的一个人还常常尾随她到自习室看书。喜鹊不想下楼的，邻床说："去吧，把话说清楚就好了。"

下了楼，竟是关山站在阑珊的灯火里。关山问："睡啦？"

"没，洗头的。"

"喜鹊，这是？"阿姨假装扫地走过来插嘴问。

"我姐夫。"喜鹊刚说出口就后悔了。阿姨笑了笑走回值班室。

关山是出差路过，顺道来看她。他们并肩在田径场上走着，喜鹊闻到了他身上的一点酒气。再仔细看看他的脸，倒不红，很冷静的样子。喝酒的风格原来也是和人一样的。

"你姐姐有了，你知道吧。"

"她给我打电话了。说反应还蛮大的嘛。"

"原来刷牙的时候会作恶心，姨娘从国外给她寄了无氟牙膏，好点了。"

"谁服侍她呢？"

"厂里的事妈妈丢给会计了，家里又雇了个人。"

"是该早点雇人，摸熟了她的脾性，月子也好伺候。"喜鹊想说——其实应该让你母亲过来。想了想，到底没法说。

关山并不笨，说："我大弟弟马上要结婚了，家里也忙，不然就叫我妈过来了。"

跑道以外的土地上长着茂盛的酢浆草，萤火点点，飞舞其间，像是天上月光碎了，不规则地穿插在各处角落里。

"你姐姐说你谈了？"

"啊？"

"男朋友啊。"

"不作数的。他太闹腾，他家又远，妈妈不会同意的。"

"你哪里用得着考虑这些。"潜台词呼之欲出，又有些自嗟一般，喜鹊不大爱听。

"你们是大几的时候谈的来着？"喜鹊问他。

"大三吧。在学校报社里做事的时候认识的。我写稿子，她排版式。"关山举头分辨了一下头顶的月亮，看是不是还是那些年的月亮，又说，"原来老以为学校里谈的最单纯，显然也不是的。"这就是醉话了。他终究是醉了。

他们走到了单杠边上，先后跳上去坐着。河岸的柳风裹挟着湿润温柔的水汽遥遥吹送而来。关山说："我们那时候到底太小，考虑的东西太少，以为喜欢就行，就什么都不是问题了。很傻的。"

燕子初次跟他说家里的打算时，关山的第一反应是不可能。"不是说她在和我开玩笑我觉得不可能，是我要表明自己的立场。"

"后来呢？"喜鹊这话唐突，好像直愣愣地问他为什么打自己一个嘴巴子。

关山不作声了。是无须赘述的意思，因这事不会有什么额外的理由。说明自己对燕子用情之深？讲他是如何和家里闹翻的？他说不出口，也不喜煽情。况且，还有很要命的一点——他爱的是她，但说与不说外人只会认为他爱的是钱。

喜鹊扯了扯衣服，关山说："夜里凉了，你早点回去吧。"关山送她回寝室，半路硬揣了点零用钱给她。到了宿舍门口，关山问她中秋节回不回去。她点点头，说要回去看姐姐。

喜鹊那时怎么也想不到，这一趟中秋团圆竟然成了她和燕子的永别。那年的寒假她去国外姨娘那里过了个洋年。等到了夏天，燕子分娩完毕之后，就撒手而去。

喜鹊盯着小外甥看。

他不怯生，也直勾勾地回视着她。她母亲走过来，揉了揉桃子般的一双红眼，说："现在看来，牛奶比母乳养人，这个东西生下来才五斤二两，现在你再看看，胖得吓死人。"

"大名叫什么啊。"

"施念慈。"

是姓施。这些是确实的，提前也都是打过招呼的。之前没有异议，现在更不会有。喜鹊看到门边关山的身影一闪又缩了回头。大概是听到了她们在说这个。

楼下很喧闹，院子里坐着乌压压的一帮子人。喜鹊不懂，人都走了为什么不能用个安静一点的方式缅怀一下，何况燕子生前也好静。

底下上来了一个大嫂子，粗着嗓子问："下面问是不是开始登账了？"

喜鹊母亲换了件衣裳出去张罗了。

喜鹊想：一年的工夫，燕子结婚，燕子去世，燕子的孩子满月，外头的人会嘀咕吧，陆陆续续地要用钱。

吃毕了晚饭，众人散去，余下几房近亲在一楼内间说话。灵前要由后人烧纸，念慈太小，只好由喜鹊和关山轮流代劳。念慈跟喜鹊亲，一到他外婆手里就哭，只好也把摇篮挪到一楼来。喜鹊给他摇着扇，哼着歌，慢慢地才睡了。

透过一线门缝，喜鹊瞧见堂屋里蓝莹莹的，蓝色中间有一团红黄的火光，关山的脸被辉映得棱是棱角是角。她又低下头看看月光里的念慈。说实话，刚生下来的孩子都丑丑的，一个样，瞧不出什么相像。

她母亲在后面一间招呼几位姑奶奶和婶娘。其中一个隐约是说："接下来怎么办？"

她母亲说："我们不做主，听他自己安排。"

另一个插嘴："他年轻，火旺，房里没人不行的。"

下面一个人说话的声音小了很多，大概是有人朝门外使过眼色了。喜鹊听不清了，也不想听。可她又被洗脑了似的，顺着老人们的话头往下想，关山怎么办呢？到底是去是留呢？去的话，以个什么名分；留的话，又以个什么名分呢。

"六七"过后的一个下午，关山在房里整理燕子的遗物。喜鹊给他找来纸箱，让他收纳起来存到阁楼里去。关山说："就放在这吧。

我自己没什么东西的，要搬的话整间房子都要搬上去了。"

翻出来一只粉红色人造革的包，看起来很土气，喜鹊说："这是什么时候的了？"

"上学的时候我给她买的。我没给她买过几次东西。"很可惜的口气。

喜鹊帮忙窝了几团报纸塞进包里垫衬着，又用液体鞋油涂了涂快要龟裂的皮革。

关山说："施晓燕一向不乱花钱。换别的女孩，是这个家境，肯定一年到头不脱地要买这样买那样。她从来不。我们去逛夜市，走累了，要吃夜宵，她就吃馄饨。我就问她，这么省干什么？她说等到哪一天能自己挣钱了再大手大脚地花，现在用的是家里的钱，不是应得的，用得多了自己站不住脚。"

所谓的"站不住脚"就是说不上话，样样要听从这钱的来处。

"她那么早就料到了？"喜鹊惊讶地问。

关山说她敏感啊，什么话都不说，一个人放在心里回味盘算。别人的一个眼神，一句话，一个动作，甚至是笑声。

念慈突然哭起来。

喜鹊去蹚了蹚他的尿布，并没有湿，想是热了，抱起来哄了哄。

可是最后还是站不住脚，因为是爸妈，违逆不了。关山问她，说你是不是早就盘算好了的——他各方面的条件都符合这个人选的基本要求，看起来太巧，极像是预谋。

"她说什么？"

关山像是没听到她的发问，坐在原地低着头叠衣服。过了好半天才幽幽地说："直到那天晚上医生说她不行了，我冲进去，她叫旁人都走开，才跟我说，她从来没那么想过。"

燕子的话成了抽丝一般的气声，说这是老天安排得巧，就该有你这么个人，我又欢喜你，你又适宜做他们的女婿，我是一点歪心都没有的啊。

关山整理出了一条白色的裙子，所有的边边角角都缀着花边，是当初他们结婚时燕子的嫁衣。"捂得发黄了，明天该拿出去洗洗。"他自言自语地说。夕阳树影落在墙上。

时间到了。桑枝帮忙撤掉喜鹊头顶的烘罩。

"我觉得快要被煮熟了。"

"煮熟的喜鹊正好可以吃。"仲夏笑着让桑枝帮她洗头。

"瞎说，喜鹊到七夕要给牛郎织女搭桥呢，是神鸟，吃不得。"桑枝说。

喜鹊大概是在回忆些什么，一直不作声，任由桑枝牵着走到水池边坐下来。桑枝兑好了温水，细袅袅一根线似的地淋下去："温度正好？"

"嗯。"

泡沫在发丝间推摩，像是时光的声音。

燕子走那年的春节，施家夫妇建议关山回老家过年："她不在了，也没个人陪你，还是家去吧，有妈妈老子还有弟兄在跟前，心里好过点。"

关山的脸一下子红了。喜鹊吃了筷菜，不大不小地咳嗽了一声。

她母亲说："我就是这么一说，随你，你自己看吧。"

那一晚关山到喜鹊房里来道别，说明早就走。喜鹊问为什么这么匆忙，还有近十天才过年。关山说："留个缓冲的过程吧，不然到了年里再回去，大家都其乐融融的，我横插进去不好。"

这三年的春节，关山都是这么过的。喜鹊母亲一语成谶，他真的成了一个名副其实的外人。喜鹊自己也掩不住他年后回来时带给她的某种感觉——咦？怎么还有这么个人存在。

这一年，燕子的三周年祭过了，念慈四岁进了幼儿园，喜鹊也终究和小伍走到一起。第一次带他回家见父母时，施家父母都很高兴，关山也说好。背地里给了他们俩一封厚厚的红包做见面礼。后来喜鹊无意间对她母亲说了这事，她才跳了起来："谁让你拿的啊？"

喜鹊慌张，又不知道做错了什么。

"他月底就走了。"

"去哪？"

"不晓得。去还给他。"像是多年前的情节翻出来要再演一遍。

喜鹊冲到关山的房里，他正在给念慈削铅笔，削得短而尖，套上自制的纸笔帽一根一根地排好放在铁皮文具盒里。"怎么啦？"

喜鹊说不出话来，嘴唇颤颤地，满眼的泪，转头一声不吭地走了，是气他居然不告诉她。

晚上，小伍猛不丁地问她："你是不是喜欢你姐夫啊？你要喜欢他你跟他过呗，他就能留在你们家咯。"喜鹊丢下手里的活计怒视着他，可劲没有全部使在眼睛上，留了一点余力在心里，想——这一点自己真的没有想过？没有？到底有没有？

婚礼的菜式和酒水定下来的那一天，关山走了。临行前把喜鹊喊到房里，交了几件东西给她。一样是他自制的叶脉书签，是说人跟它一样，活到最后都没有血肉了，只剩下躯壳。一样是当初喜鹊替燕子收下了又还给他的金镯子，雕琢着牡丹和凤凰，是吉祥堂皇的图案，用来给新娘压阵最好不过。"你当时说的啊，等到你结婚了再给你。"一样是念慈的笔盒，念慈正在邻居家和别的孩子玩玻璃球。"帮他削削铅笔，削短点，他手劲不小，写字画画用力，太长了容易断了。"

最后一样是当年婚礼上燕子的白裙子。他洗过，晒过，用熨斗烫过，现在叠成了一块玉板似的交到她手上。

他说高兴的时间太短暂，稍纵即逝的。"你们身量差不多，你要是不忌讳，以后经常把它拿出来穿穿。那她就还能再和你们在一起高兴高兴。"

关山提着箱子出去了。

喜鹊没有送他，在楼上俯瞰着他，像是他们初见时那样。她听到他和厨房里做饭的母亲打招呼。她母亲说："路上小心啊。"就像是她每次去上学前她所叮嘱的那样，就像是他还会回来一样。她又听到念慈在邻家院落里明亮的欢声，大约是赢了同伴一局，再也想不到，他的父亲就此撤出了他的人生。她听到了火车飞快奔驰的声音，仿佛谁在春梦一场里打马而过，了无痕迹。

此时的暮色在一家一户的饭香里包围了整个世界。

○

空庭

| 五月廿六　大雨 |

　　绢走了。

　　仲夏走到她宿舍院子门口，还没看到里面空落落的景象时，心里就有了一种失落。因为菲力也走了。原来他过来这边，菲力老远就会听到他的脚步，溜出门来迎接他。

　　他会蹲下身来，从塑料袋里掏出午饭时攒的骨头和肉丁，摊在手掌上喂它，任由他用粉红色的舌头舔舐。它舌尖的侧锋薄而柔韧，一路碾过他的手掌，带给他微微的酥痒感。绢刚刚洗完头，碎花连衣裙的肩头滴滴答答全是潮斑。她一边倚着门用毛巾擦头发，一边训斥菲力："嫌死了。刚刚没吃么？几块五花肉都下了你的肚了。"又埋怨仲夏："都是你把它惯得，这么胖，路都懒得走了，成天蹲在廊檐底下睡觉。吃了睡，睡了吃，更胖了。"说完起身朝内室走，裙摆荡漾在美人蕉翠绿的阴翳里。

绢是什么样的女子呢。是那种嗔怪或发表怨艾都显得慵懒使不上劲的女子。仲夏和她认识得越久，越觉得她是个妖。妖在他这里的定义要比仙或者神美好得多了。她不是《聊斋》里的花妖狐妖，应该是风妖或者水妖，水妖的原形也不是哗啦啦流淌的水，是草尖上的一滴露水，三更时分摇摇欲坠，转瞬即灭的。或是烟妖，黄昏或者拂晓，对岸水湄的菖蒲丛里升起来的游丝一样细的青烟，也是断断续续的，反过头来再拿女人的脖颈比喻，就是那白而瘦的脖颈，轻轻一搂，她就要咽了气了。

仲夏曾经把自己对于她的理解告诉过绢，用那种破碎的无组织的语言。

绢在夜心的庭院里摇着纨扇，又软软地嗔怪起来："去你的，又不是林黛玉。"西瓜正浸在井水里，再过半个小时就可以提上来用铜调羹挖着吃。仲夏喜欢吃沙瓤，但是为了迁就绢，从来都要请瓜农开个三角孔尝一口，是板瓤才敢买。绢说："沙瓤扑哧扑哧的，一点嚼劲都没有。"她说这话时又显得笃定，不大像常时。

绢还有更笃定的时候，自然是在课堂上。

学校雇用的花农手里执着水管，水雾喷洒在熹微的晨光里，亮闪闪像太阳雨。透过这薄绡一样的帷幕，仲夏看见她站在讲台上，粉笔圈出一串一串华丽的英文字母。孩子们在下面抄写。他像是能听到笔尖在纸页上春雨入泥般窸窸窣窣的声响。

绢开始发问了，点了个孩子站起来。青春期的小男生，个子已经要蹿得有她那么高。答不上，低着头，红着脸。绢拍了拍讲台，看口型应该是："这个我讲多少遍了，怎么还是记不住？"

可是这一切都过去了。像是这一场雨一下，太阳出来了，雨的尸体都留不下来。它们回到了天上，成了积云，虽然可以瞭望，终究是天与地的分隔。

仲夏之所以一并怀念菲力，怀念一只狗，是因为菲力在初相识的他们俩之间充当着良媒之用。像是两朵玫瑰，一朵向阳，一朵向阴，看不见彼此，唯有三月的蜜蜂用针一样纤细的口器提取和传递着情意，交授着私心。

绢抱着菲力站在门口，逆光的身影是淡淡的水蓝色，雨水淋湿了她的裙脚。

"能给狗剪毛吗？"

桑枝和仲夏都愣了一下。阿夏妈也从内室走了出来，推下老花镜看了看门口高高瘦瘦的女孩子。

"没剪过，不过可以试试。"仲夏说。

"不要用店里的剪子和梳子。"阿夏妈补充道。

她把蓝印花布包着的小楠木盒子一打开，齐刷刷的一套工具，压根不用他们为此担心。仲夏问："这是什么狗啊？"

"杂交的京巴。"

"多大啦？"

"一岁半。"

桑枝插嘴问："好像没见过你。"

绢显然还没有适应这个小镇的狭窄，不能理解桑枝的话——镇上的人多是互相认识的，外来者非常醒目。绢漫不经心地解释，说她是中心中学刚来的老师。

"教什么的？"菲力趴在绢的腿上，乖得都快睡着了。仲夏倒也放宽了心，一边剪一边聊起来。

"你看呢？像教什么的？"

"这能看出来？"

"当然啦。教语文的多半要戴眼镜，教数学的大部分是男老师，教音乐的走路喜欢颠着走，教政治的十个有九个是谢顶了。"

阿夏妈一直在边上听着择菜，听到这里扑哧一下笑出声来。

仲夏也笑了："真是大实话。爱芬父亲就是教政治的，面相倒是不显老，只是头发少。到邱城出差，在百货公司楼下碰到一伙人，卖一种叫生发膏的东西，禁不住劝买了。回来之后按照说明书，一日早、中、晚各洗一次，结果原先的一些头发都洗掉了，索性剪了个光头。"

大家笑成了一团。

菲力的一只爪子突然弹了一下，仲夏慌忙丢开剪子。绢摸了摸它的毛，说："你弄疼他的后腿了。那有点伤。"仲夏点点头，再次上剪刀时，菲力却有点坐不住了，于是后面靠尾巴的部分只草草修了一下。绢抚慰了一番，要带它回家，临走前又问仲夏："你是理发师，应该懂这方面的，我爸爸头发白得越来越厉害了，有什么办法保养吗？"

仲夏想了想，说："多吃芝麻吧。用芝麻做馅，给他包汤圆吃。"

　　绢若有所思地点点头，道了谢，撑着雨伞抱上菲力走了。

　　就是这样的初见。一个爱父亲，也爱宠物的女孩子，突如其来，却也自然而然。

　　露台风凉，那天晚上，阿夏妈和桑枝搬了凳子到露台上绕毛线，仲夏在店里打扫卫生准备关门。杂色的狗毛在头发堆里异常显眼。仲夏扫着扫着停下了手，聚精会神地看着它们。那是浮在黑色海洋上的土黄色木舟。

　　桑枝也遥遥地看着仲夏，手腕上绷着一框毛线，机械地放着。阿夏妈轻轻地踢了踢她的凳脚："你哥有心事。我看你也……"

　　"我没有。"桑枝回过了神，抢在阿夏妈话音收哨之前就给予否定。

　　"但你哥真的有。他是我养的，我一眼就能看出来。"

　　"什么心事？"桑枝其实猜到了一星半点，只是未知准不准，让阿夏妈来一锤定音。

　　"男孩子有了这个心事，比女孩子更明显。像是老虎要钻蛤蜊壳子，藏也藏不住的。"阿夏妈不点破，桑枝也不好再问，怕问得明显，也成了老虎。

　　夜间，桑枝听到仲夏在房里踱步，草编的拖鞋底打磨着剥漆的地板，像是一只指甲略长的爪子轻飘飘地挠着心房。她和仲夏不约而同地走出门来，月光洒满外走廊，栏杆一根一根细细地立着，如同试图关住春色的桎梏。

　　"睡不着啊？要不出去走走？"桑枝也不知道自己怎么就有了这个提议。

在夜色徐风里起着微澜的镜湖像是绸缎，那微澜便是用来为绸缎滚边的针脚，在缝纫机上笃笃地行驶着。仲夏说："你来的头一晚，我在这吹笛子，还记得吧？"

"吹的是《苔上溪》。你后来没怎么再吹了。"

仲夏腼腆地笑了笑，解释说是指法生疏。

每一户都在酣眠，没有一扇窗户透出光亮。只有路灯在为白螺守夜。它用橘色的光呵护着白螺，呵护着在白螺的一砖一瓦间游荡的心事。它绝对沉默，绝对守得住机密。

仲夏问桑枝这么晚不睡在想什么，桑枝说在想她母亲。"真不晓得她在外面过得怎样。"

这点心绪也是不约而同的。仲夏说："我也在想啊。他说不定已经不在了，客死异乡。"他一直以为父亲这个槛早就过了，实际上永远也过不了。

他不知道这种日子还能过多长时间，他还能心无旁骛地剪头发多少年，迟早有一天他要离开这，到外面去走走。"但是他一天不回来，我一天就不能走。"

原来他真的有心事，并且他在为他的这个心事筹谋，想得很深入。桑枝确定。

仲夏再一次见到绢竟然是在相亲的饭桌上。

媒人是泡桐树大街上的裁缝伏大姐。伏大姐进门前还笑嘻嘻地和阿夏妈打招呼，说："阿夏妈，你托我的事有着落了。"那时候，仲夏还没瞧出一点排练的痕迹。

伏大姐的嘴唇厚，掀动之间似乎很费力。"是教书的老师，大城市的姑娘。不过这个丫头性子异怪，说就愿意在我们这犄角旮旯里待着。她老子给她在省里的什么机关里安排事情做，她都不乐意，也是奇了。"

伏大姐斜睨了仲夏一眼："阿夏，怎么个意思呢？"

"我还没想好。"半晌，仲夏说。

"等你想好了，天下的好姑娘都叫人挑走了。"阿夏妈没好气地说。

于是当晚就在伏大姐家里吃了晚饭。

仲夏先到的，喝了半盅茶，又和阿夏妈伏大姐对坐着嗑了一会瓜子，猛一听门外响起菲力的叫声。

仲夏太熟悉这声音，他弄疼它伤口的时候，它就是这样苦涩又带点怒气地叫了一声。

绢进来了，立在灯下。波浪形的白色灯罩里有一只蛾子在笃笃地撞着。伏大姐冲她招招手，说："来来，过来坐。"像是怕蛾翅上的鳞粉飘落下来，落在她刚刚洗过的散发着兰花香气的头发上。

绢坐了下来，撇过脸去笑。仲夏想笑，但又没笑出来，悄悄看了他母亲一眼。阿夏妈自顾自喝茶，剥花生吃。

伏大姐没瞧见他们母子的暗波，仍旧做戏："怎么，你们认识？"

"谈不上认识。"绢说。

仲夏看了看她，点点头表示赞同。

"但是也确实认识。"绢补充说。

仲夏忍不住，到底笑了。

伏大姐和阿夏妈不知是何时撤离的。显然他们聊得入神，没有在意。话音同时停止才发现内室静静的，只有先前的那只蛾子还在矢志不渝地扑火。茶凉了，仲夏伸手要续，绢拦住了："晚上喝太多茶会睡不着觉。"

仲夏心想，就是不喝茶，这也是一个不眠之夜。

绢突然说他们这像是《水浒传》里的情节，王婆把潘金莲诓来，说是裁衣裳喝茶吃酒，其实是成人之美。仲夏啼笑皆非，绢倒不以为意，又说："伏大姐的筷子玉一样，我不敢打了折了的，要是木筷子我也丢到地上去。"仲夏听这话过了，再看她的眉眼，已有醺意，显然是酒多了。

停杯投箸，他们听到院落里夏虫唧唧，仲夏领着绢往月白色的中庭走。

"是什么？蟋蟀？"绢问。

"是啊，苏城晚上没这么热闹吧。"

绢说也热闹，不过不是虫子叫，是夜市的声音，是车子和人发出来的声音。

"哦，那虫子叫可赶不上那样的声响。"

绢闻言轻轻地翻了他一眼，眼白上笼罩了一层酒后的淡淡玫瑰色，月光里看来很妖冶。

绢说，为了下到基层来工作，她和她父亲几乎要闹到断绝父女关系的地步。说到这里，她的神智略微醒过来一些，像是一把欲要蔫谢的雏菊被人洒了一些露水。

"他享了一辈子机关的福，当然想我能按部就班地走他的老路，旱涝保收，柴米不愁。"

"后来呢，怎么妥协的？"

"你好像对我怎么跟他争执较量的部分不感兴趣？"

"不是啊，那个听起来太痛苦了。"

"最后放手的是他，但是最痛苦的不是他，是我。他一撒手放行就超脱了，不用再管了，但是我不行。我总觉得欠了他，就像欠别人一个人情。但这又不是人情，人情可以还，这个在我们父女之间是还不了的。我很难给他一个保证，说我以后可以拿什么去报答他。或者什么都报答不了吧。他已经失望了，没法弥补。"

他抄近路送绢回宿舍。

碎石子在脚下嚓嚓作响。长巷里的风像是裹挟着一些岁时，柔韧地从一头吹向另一头。在他们跟前堵住了，就掠过他们的头顶，穿过他们的脚踝，徐徐而过，一层清凉。

她的住所是学校为绢和另一位教语文的老师准备的宿舍，小小的庭院，无花果树的叶子碧绿闪光如同夜明珠。"张老师就要结婚了，丈夫在县里的地税局工作，在县里买了房子，很快就要搬走了。"绢说。

仲夏不知此话何意。是暗指他日后若来此做客是方便的？

"绢。"左边屋子的灯亮了，窗帘也随之被撩了起来，"你回来啦。瓶里有热水，你拿去用吧。"

"唉，你还没睡啊？"

"已经睡过一觉了，才醒。"

绢朝仲夏努努嘴，仲夏点了个头，转身走入黑暗之中。

晨起，桑枝蹲在院子里刷牙，刷完了在搪瓷缸里涮了涮牙刷，咣咣地响。仲夏问她："粥好了没？"她不说话，脚一迈进了厨房。

仲夏也跟着进去了，桑枝仍只是摆碗布筷不作声，直至阿夏妈下了楼来，才有了些话。说着说着说到了昨晚的相亲饭。桑枝问阿夏妈："长得什么样子啊？"

"你见过的啊。"阿夏妈说。

"谁？"桑枝含住一口粥，忘记了咽下去。

"那个带狗来剪毛的女孩子啊。"

桑枝怔住了，喉头慢慢地蠕动着，像是一粒米一粒米地往下咽。她那双死过一遍的眼睛有了复活的迹象，从眼皮底下蒸腾出一些人气。她沉默地看着阿夏妈，意味深长。

仲夏读懂了她的眼神，说："哝，桑枝也看出了是你做的好事。"

"好事就是用来做的。你不做，我不做，就没人做好事了。"阿夏妈呼呼啦啦地喝了一碗粥，戴上帽子出门了。门外是夏季里浓郁明亮的日色。

相亲饭后绢第一次上门，仲夏不在店里。

"人呢？"她问桑枝。

桑枝正坐在小凳子上洗毛巾。那些给客人擦头发的毛巾，被她洗得像雪一样白。毛巾一头"某某某毛巾厂"的字样已经不太看得清了。"不晓得啊，他出去的时候没说。"桑枝没抬头。她看到了绢脚边的菲力，还用抬头么。菲力的两只眼睛玻璃珠子似的。

绢有些不知所以，她握了握自己的碎花裙摆，把手汗擦在上面，湿答答的一片潮灰。

"绢。"阿夏妈本来在里面打牌，听到了声音出来看。

"唉。"

"阿夏去信用社了，一会就回来了，你坐啊，看看电视。"阿夏妈笑着说，又撇过脸淡淡地望着桑枝，"跟客人说说话啊。"说着又冲绢点了头，笑笑，回内室打牌去了。

绢坐下来，隐约听到里头的对话。

"这是谁？"一个老太太的声音。

"阿夏的朋友。"

"哦？"听者像是觉得新鲜。

"什么朋友啊？"又一个人问。

"朋友呗。他交的朋友我哪里认得谁和谁。"

仲夏的自行车链条吱吱啦啦在门外响起，桑枝呼出了一口气，上楼去了。绢显然也不愿在这儿多逗留，说："出去走走吧。"就并肩走到了河滩。

已近黄昏，水滨被一层雾一般的暮色罩染着，像是胶卷渗下的光阴。

"我看她像是喜欢你。"绢说。

"谁？"

"你店里那个叫桑枝的女孩啊。"

仲夏苦笑了一声："她是我妹妹，姨妈家的。"

"薛宝钗、林黛玉，都是贾宝玉的表姊妹。"

"那是书里的。"

"是的,她是喜欢你,女孩子看女孩子很准的。"绢在一块平整的草坡上坐下来,拔了一根茸抖抖的狗尾巴草在手里玩。她的杏黄色裙子辉映着那一小点绿色,像是细沙里流出了一颗丰满的绿螺蛳。

"她来到家里很久了。我们是亲戚,亲人。"仲夏还是试着解释。

绢笑了笑,说:"一家三口,自给自足的小日子,挺好的。"

仲夏听到"一家三口"这个词,经脉像风中的晾衣绳一样颤了一下。半晌他问:"你怎么不问我关于我爸的事?"

"我为什么要问?"绢仰起头看着他,一向扑朔的眼睛此刻分外清醒。

那一刻仲夏很感动。只是初识,却有冥冥之中的一种推心置腹。

放暑假了。绢要回苏城去。

仲夏嘴上说:"回去吧,回去看看家里人。"绢没有看出他心里的不舍,反过来白了他一眼。仲夏陪她乘坐城乡专线去河婴。

临上车前,有个女孩子扶着她父亲匆匆赶来,坐在绢与仲夏前面。仲夏大约认识她,打了个招呼:"上河婴啊?"

"嗯,咳嗽,带他去看看。"

老爷子大概是听到"咳"这个字,喉咙又作痒,剧烈咳嗽起来。女孩子从包里翻出一个药瓶,倒出两片药,服侍她父亲吃下去了。仲夏见她矿泉水瓶子里是黄色的水,问是什么药。她说:"不是药,兑了果汁粉冲的,先生开的这个白丸子太苦了,他咽的时候老是作恶心。弄一点甜水吃药他好一些。"

仲夏夸她细微，绢静静地望着窗外出神。外面是一块一块整整齐齐的稻田，翠色稻浪高低起伏。

买票时，仲夏问绢："买几点的？最近的一班是十一点半。"

绢说："买下午一点的吧，正好到家吃晚饭。"仲夏点点头，开始排队。其实心里都知道，并不是为了晚饭，不过为了分别前在一起吃一顿午饭。

寄存了行李之后步行到离车站很远的地方吃午饭，仲夏说："车站的小店都不干净。"最后他们到了闹市的一家饭馆吃饭。里面有冷气，等菜时，绢抱着双臂。仲夏把衬衫脱给她披一披，自己里面只有一件螺纹背心。绢没见过他这样，一直低着头。

吃饭时，仲夏一直在说笑话，绢装作什么都不懂的样子看着平日里沉默寡言的他手舞足蹈、夸夸其谈地调节着别离前的气氛。到了最后还有半个小时，再不走就赶不上车了，绢才打断他，说："我们回去吧。"

在候车室里，仲夏显得有点坐立不安，最后还剩下十分钟，他问："你要跟家里人说吗？"

绢呼出长长一口气。明明这才是重点，前面却花了那么多时间做铺垫。现在，即使她想在这个问题上细致深入地阐明观点，时间也来不及了，就说："他问的话我就说吧。"

这话不难解。学生多是报喜不报忧的。考得好了，欢天喜地回去领赏；考得不好，只等大人发话。就是这个意思。

绢走之前再次嘱咐他："等我给你打电话。"之前他几次三番要她家里的电话，绢都以各种理由搪塞了。

阿夏妈在院子里脆鱼，鱼鳞亮闪闪地晃着人眼。阿夏妈刀法准，手腕又有韧劲，麻利得很，像是借着脆鱼发泄对这件事情的不满。

"她完全可以跟家里说，说她在这边另找了个差事，暑假可以赚赚外快钱，或者讲学校里有补习，再不行说跟同事出去旅游。理由多了去了，只在她愿不愿意讲。"

想了想，又添了句："你还是再想想要不要和她处吧。"

仲夏在淘米，桑枝在扫地，听见了都微微停了一下手。

前面有人喊"仲夏，剪头咯"，仲夏才抬脚往店里走，临了又驻足说："人是你请来的，你要是不喜欢，也该是你请走。"

仲夏从来没这么和他母亲说过话，阿夏妈怔住了。

和绢谈恋爱的并不是阿夏妈，绢走不走其实和她关系不大。但仲夏是她唯一的指望，与仲夏有关的事和人也便跟她有了关系。她仔细揣度着这些时日以来，内里的私心也许仲夏都是想象不到的。

长生走了这么些年，她身边只有一个仲夏。后来，桑枝来了，虽是多了负担，可也是添了一层人气，活络了情境。有些属于女人的话不能同仲夏说，便也多了一个出口。

可是桑枝终归是会嫁出去的，那么又只剩下了仲夏。仲夏娶妻生子，留在身边最好。要是留不住呢，向更广阔的天地去了，她如何是好。就像这个叫绢的女孩子，打电话的时候会讲些时髦的洋话，她听不懂，那是大城市的做派，落在他们这样的小镇里总显得异怪。能渐渐地入乡随俗最好，不能的话不是只有回去么？带上她的仲夏？留她孤零零一个人守着这座老房子，等待远行的丈夫归来？

阿夏妈想想都觉得凄凉，夜半眼泪渍湿了枕席。她谁也不怨，只怨到现在才想清这一切实在太晚了，仲夏已然深陷其中。她不该为他们搭这个桥的，把儿子生生地推到了彼岸去。

绢来了电话。是在一个炎热沉闷的午后，看天色要下雨了。仲夏本来在打盹，听到她的声音算是醍醐灌顶。

分别了这么久，明明都攒着好些话要说，最后聊起来却还是显得平淡，无非问些"你在干吗"之类的。绢说："我妈在家，不方便打，现在在路上的公用话亭里。"

大概是听到了这一头的雨声，便说："苏城也在下雨。"

恍惚之间，仲夏好像看到她微微一抬头，看了看玻璃亭子外面的天色。头发一绺一绺的，吮吸了汗水，弯弯曲曲地黏在脖颈上。

绢问起店里生意如何，仲夏说还好。

仲夏说："你在家里都做些什么？"

绢说："表姐姐刚刚生了第二个小孩，帮忙去照顾照顾她。"

仲夏说："真好。"

绢说："是啊，我老是记得三年前的这个时候，她到我们家来玩，我们洗了澡趴在凉席上看画报吃荔枝，她那个时候还是个大姑娘呢，又白又瘦。唔，都结婚生两个小孩了，时间过得真快啊。"

仲夏就这样听着，也有了一种白驹过隙的感觉。像是年少的自己在秋月春风里打马徜徉了很久，遇见了她，落脚在实处。

店里来了人，电话便要挂了。仲夏说："有时间记得再打给我。"

"哎。"接着就是长长的笃声。

"阿夏搞对象了？"客人揶揄道。

"没有。"仲夏笑了笑，说，"稍微修一修还是剪短点？"

"天热，狠剪剪。"

"哎，好。"

绢的一切口气都是淡的，像是能够置身在恋爱之外遥遥观望。仲夏很怕"浓"的女孩子，却又在这种"淡"前面显得失措，仿佛是个孩子站在大人的身影里。仲夏开始怀疑自己是不是她在这乡野间的一点消遣。现在她回去了，有了更宽敞的天地，记不得他了。他期盼着店里的东西能够早点用完，他去进一趟货，去瞧瞧她，看她到底是怎样的状态。

没等他去苏城，绢先回来了一趟。一声不吭地站到门口，像当初带着菲力来剪毛时一样。那一瞬，所有对于她的疑虑都土崩瓦解了。仲夏反而在心里骂自己，为何会那样想她。未免不够男人。

绢是回来办转正手续的。仲夏心中惘然，想她完全可以说个更加甜蜜的理由。可是"真实"是他喜欢她的理由。这样两个理由，孰轻孰重，忖度之间，他又分明了。

阿夏妈听到了前面的说话声，洗净了手从厨房里来了："绢回来了？"笑盈盈看不出一丝怨气。

"哎。"

"我做了鱼，中午在这吃饭。"

"不了，张老师不在家，我已经买了菜，中午随便做一点。"说着看了看仲夏。显然"张老师不在家"是主要内容。

阿夏妈知道他们要说私房话，便不执意挽留，笑了笑，仍旧回房里去做饭。

　　绢和张老师合住的这个小院子里种了晚香玉。这几日雨水盛，花也开得俏，才是白日里，已经香彻每一个角落。绢在单独辟出来的一间厨房里做饭。炉子上煨着排骨瓠子汤，另有一只独灶头，在炒青椒和腰花。

　　"感觉你妈不太一样了。"绢在里头说。

　　"什么？"仲夏坐在花前的凳子上，扭过头来。炊具乒乓作响，他未听清。

　　"没什么。"绢说。

　　风从院子里细细袅袅地穿过去了，穿过花墙的罅隙飞出院外那个鹅蛋青色的夏天。仲夏和绢坐在屋里吃饭，就着一张矮桌对坐，虽只两个菜，但因为绢的手艺好，做得可口，便也让人吃得酣畅。仲夏路上买了汽水，两个人各自倒了半碗。细小的气泡水珠像是爬山虎一样吸附在白瓷碗的内壁上。

　　之前在路上，仲夏犹豫是要买啤酒还是买汽水，绢说要汽水，是为了有个清醒的头脑，好跟他说话。

　　"我爸知道了。"

　　"哦，说了什么吗？"仲夏并不慌，因这一天迟早是要来的。

　　"他自己没说什么，借了我妈的嘴数落了我一顿。"绢端起碗咕噜咕噜喝了几口。

　　"哦，别跟他们吵。他们年纪大了，我们要让着点。"

　　"没吵，吵了也没用。"

外面的蝉鸣又提高了一个八度一样，整齐划一的声音像是某种机械在运作。

后来，绢收拾了残羹剩饭，他们就进了内室去。绢躺在苇席上，床上方有只手编的丝带风铃，在微风里旋转着，绢伸出一根手指，绕着它的走向画圈。仲夏躺在藤椅上，有了睡意，却又迷迷糊糊地问："接下来呢，怎么办？"

"走一步算一步咯。"

等于没说。他就是在问他接下来的这一步要怎么走。

绢是没有通知仲夏，悄悄回来的。走也没有通知他，悄悄地走了。她打来电话时已经到达苏城车站。仲夏有点生气，问："这样干什么呢？"

绢在那头只笑，不说话。其实也可以理解，分别总是不容易。

匆忙又缓慢的两个月过去后，绢返校上课，日子还和以前一样过着。

张老师结婚了，要搬走。绢喊仲夏过来帮忙。仲夏问张老师的爱人："到了上面去，以后每天坐城乡专线来回跑吗？"张老师的爱人刚刚提了办公室主任，脸上有些想压没压住的傲气，说："前几天和教育局的人一起吃饭，马上想办法把她调到上面去呗。不然怎么办？"

绢敲敲窗子，喊："仲夏，进来搭把手。"

进去之后，仲夏看她手里什么都没有。绢揪了揪湖蓝色的圆领衫领口散热，翻了门外一眼，说："你跟他说什么啊？他总以为自己是谁。"

　　仲夏知道绢看不惯张老师的爱人，是在用另一种语气安慰自己。他也知道绢压根不在乎张老师的爱人给张老师提供的那种"福利"。她如果贪图享受，留在苏城强得多呢，不会跑到这里来。可是仲夏自己是失落的。他能给她一些什么呢，好像除了给菲力剪剪毛以外，他没有为她做过任何事。

　　正想着，菲力溜了进来，毛茸茸的头蹭着他的小腿，也像是在安慰他。

　　张老师走后，这个院子就属于绢一个人了。仲夏来得自然比以前频繁些，可是来了以后话却比以前少了。想是以前来得少，话都攒到一起说，现在来得勤，分散了，倒显得少。

　　这是借口。

　　是无论说什么，最后都会回归到那个话题上，接着就没法再说。

　　这一步，像是怎么走都没走出去。

　　一次，仲夏在这里，绢的母亲来了电话。她去接，他在外面远远能听到一些。

　　"不忙唉，这学期课排得比以前紧凑，基本都能上半天歇半天……哪个说的啊，我不能在家看电视休息啊，哪个说就一定要去找他……嗯，你们都是好人，旁人都是坏人……有的事你就让爸爸自己跟我讲，这样干什么呢，又不是两国语言要翻译……我很清楚，用不着你们一遍一遍地讲……那是她，那是她想要过的生活，我是我，我干吗跟她比……你觉得她风光你喊她做你的女儿呗……我怎么讲话了，哪一次不是高高兴兴地，最后被你讲成这样……算了吧，我要休息了……"

中间，绢几度压低声音，但仲夏有心去听，还是听得清的。绢进来了，又再度无话。

仲夏与绢的事，阿夏妈的那些牌搭子都还是知道了，毕竟白螺就这么大一片地方。

"听说是镇上中心中学的老师？"宋家老太的眼睛从厚厚的老花镜片后面斜出来。

"谁跟你说的？"阿夏妈拈了一张九筒，犹豫着该不该走。

"你就说是不是吧。"

"那个老是穿白裙子的女孩子？"艳丹大约是总见绢来店里玩。

"哦，苏城分配过来的那个？"晏伯母经他们一点拨，也知道了似的。

"唉，好坏他们谈去，我哪里烦得了他们的神。"阿夏妈说。

"凤珠，过来的人劝你一句，真要讨这样的一个媳妇，你是要下血本的。即便下了血本，以后亲家之间也不会多走动的，你要晓得，眼睫毛，上面的始终在上面，眼睛闭起来跟下睫毛亲个嘴，也还是在上面。"宋家老太说。

"我怎么不懂这个道理！"阿夏妈说。

"我做姑娘的时候，前面泡桐树街上，死鬼老朱在外面认得了邱城的一个女医生，要结婚，家里头东拼西凑拿了钱出来。后来结了婚，生了孩子，到底过不惯这里的日子，家去重找了个死了老婆的大老板，后来承继了上千万的家产。"宋家老太说起往事，嘴角泛着白沫。

"宋老太的话在理，说到底恐怕不是一路人。也有可能人家小姑娘是到基层来练练手，学到了本事就走了。"晏伯母如是说。

阿夏妈被这些话扰乱了打牌的心神，稀里糊涂地输了两三圈之后喊桑枝去买些吃食，换了话题。她心里真的很乱，甚至看着四周的脸，恍恍惚惚竟然有了"她们是嫉妒我会有一个上台面的媳妇"这样古怪的想法。

晚饭时，桑枝端了一盘黄昏刚刚炒的咸菜百叶丝出来就粥。阿夏妈输了钱，心里不高兴，吃了一口，说："这是坛子里才捞的一把咸菜吧，应该用水先拨一遭，苦咸苦咸的。"

仲夏撩了一筷子尝尝，问："你最近口又淡了，我吃着正好啊。"

阿夏妈突兀而恍惚地说："都知道了，要是谈不成，看笑话的要站出一条街了。"

仲夏一时哑然。

靠近年关，年更岁进，眼看着又要放假，绢又得回去。仲夏店里要进货，也跟她一道走了。原来都是和河婴城里的朋友们一起去，突然不搭伴了，又引来一阵闲话。

到了苏城，仲夏买完东西就打算回去。

在别处看不着也就罢了，在家门口绢的父母反而看得紧，绢送他到公交站台，说了一会话就回去了。仲夏到了车站晃悠了一圈又鬼使神差地折回去在绢家附近的旅馆住下了。因为他忽然打算去见见她家里的人，而且要突击，不能让绢知道，否则她会阻拦。她总说再给她时间疏通，老人们想清楚了，她就带他去。一次一次都是这样说。仲夏想：他一直不露面，她家里人不会觉得他无能么？让女孩子挡在他前面？

　　自然，他也做好了遭拒的准备。这种事情无非是这样，要么正，要么反，没有第三种可能性。

　　黄昏的时候，他到附近的商店去买些东西。看到有白螺出产的土特产，双黄蛋和藕粉之类，价格却贵出三成。拎着它们即将拐进绢家小区巷子时，仲夏看到楼梯口乌泱泱有一帮子人出来。绢的脸盘银白明亮，在里面很明显。她身边是个个头很高的男孩子。说男孩子已经不确切了，是个男人，五官已经透出老成的前兆。

　　头发染了色的那一位大约是绢的母亲，说话间打了一下绢的手。只有母女才能亲近如此。

　　绢的母亲送大家从西侧门走了，一直在念："再来玩啊，再来玩哦。"

　　分别前，那个男人和绢在西门左边的灌木花圃边单独说了几句话，后来临上车前，手指又竖成个"6"字在耳边晃了晃，应该是通电话的意思。

　　仲夏离开前打算把手里拎的东西扔进垃圾箱的，最后还是带回了旅馆，送给了隔壁的一位带着瘫痪女儿来苏城看病的老太。当晚买了车票，回到白螺。

　　阿夏妈瞧出了端倪，舀了一瓢水刷了刷锅，准备烧水，做咸肉丁子炖鸡蛋。嘴里念念有词，像是这种事情的来龙去脉对她这个年纪的人来说是再轻车熟路不过的了。

　　"我一开始托伏大姐说这事，不过是因为你欢喜她。把你们领到了一处也不代表什么，只看你们自己的心愿。愿意了，拉着手一起从我们搭的这桥上过到对岸去。不愿意，点个头，各自回家。"

仲夏半晌都没有回话。

阿夏妈又问："她几时回来？"

"没问。怎么也要过了年吧。"

过了年再说话，仲夏和绢之间果然就隔了一层了。是从仲夏这里起的头。

绢下了班来找仲夏，见他歪在椅子里看电视，上来就拉他："我买了一只鸭，你去帮我杀吧。我都养了两天了，下不去手。"

仲夏像是睡觉才醒似的，回过头来睁着眼睛朦朦胧胧地看她："啊？"

"帮我杀鸭子，我把它捆起来了，现在在院子里叫呢。"

"一会不是有人要来剪头吗？"阿夏妈听到了，一面拣着篮子里湿漉漉的米，一面出来说道。

"啊，待会有人来的。"仲夏拂去她的手。

阿夏妈回里间去了，没有留她吃饭的意思。

桑枝看着绢骑上车子回去了。

鸭子没法做了，她一个人在熏烧摊子上买了点卤菜回去。

这种事情，发生一次让人扫兴，发生二次叫人难为情，发生三次别人就要起疑心了。

绢整整一周没来。时间像是衣服上残留的水，被晾在半空中慢慢蒸发掉。阿夏妈说："退堂鼓敲得越早越好。"

仲夏是稳重人，即使心不在焉，也不会把别人的头发剪坏。仍是微笑着和客人聊天。可是他在镜子里看到自己的时候，很快就意识到沉默绝不是解决问题最好的途径。

星期五放周末假的这天晚上他去找绢，走了很远的路，到一个接近国道的地方吃的晚饭。那个小馆子里很少人。

夕阳的余晖照进来，他们像是在山洞里看这一场落日。老板养了一条波斯狗，一直在后院里叫。仲夏问她："菲力怎么样？"

绢轻轻端起玻璃杯，吹开表面的茶叶喝了一小口，说："很好啊，它能怎么样？"

最先上的是凉菜，拍黄瓜。仲夏用茶水烫了筷子递给她："吃吧。"

"胃子不舒服，不能吃冷菜，你吃吧。"

仲夏低头，默默地夹着菜，像是刨废墟的吊车，缓缓地送到嘴里。

"你爸是不是又给你找了一个？"

他说这话的时候，端菜的女孩子正好从后厨走来，听见了，脚愣住了，像是等绢搭了他的腔，把这话茬过去了之后再送来。绢和仲夏也看到她了，就有些尴尬。她上了菜赶紧又往后面走。

"是谁说了什么？"绢想了想又说，"凡事不要相信别人的嘴巴，耳听为虚，眼见为实。"

"我是亲眼看见的。"仲夏把重音放在了"是"这个字上，像是顺从她的意思——你要亲眼看见，那么就亲眼看见好了呀。

调羹在绢的手里微微颤抖了一下。看起来如同重量相等的两个人坐在跷跷板的两端，轻微地，幅度极小地，又频率颇高地摇晃着。她最终没有问到底是怎么一回事。或许是她感觉出那个上菜的女孩子凭借这零星的一言一语都已经听出门道来了，作为当事人，他们无法再闪躲。

"那天中午你真的没空帮我杀鸭子吗？真的有人约了剪头发？"她啜了一口汤，接着就开始大口吃饭。仲夏怀疑她那天中午根本没有回家，而在附近等着，看到底有没有人来剪头发——他能用的板斧，她为什么不能用。是他出招在前，她不过是以其人之道还治其人之身。

下雨的夜晚，仲夏把窗帘拉开，雨水在玻璃窗上簌簌落下，一颗一颗蜿蜒汇聚。

他下了楼，撑开宽阔的黑布伞，走进萧疏雨巷。这一条路，是那一晚，他们从伏大姐家离开时走的那条路。铺着碎石子，走得脚心痒。石头在雨水的浸润之下，彼此摩擦的声音有了一种侘寂之感。

绢的房里还亮着灯。他在门外站了很久。直到菲力察觉到门外有熟人而呜咽起来时，绢才从内室出来，披了一件外衣站在廊檐下。

她犹豫了很久，听见远处的路上响起一阵摩托车启动声，才啪啪地跑过水洼，开门拉他进来并且一头栽进他怀里哭了起来。

他们被雨水刷洗过的身体里都是温的，比凉热一点点，比烫冷一点点，是正好的温度。没有任何经验，像是鹿被森林里的藤蔓绊住了脚，乱撞，乱跳。皮肤是湿的，发丝是湿的，口腔是湿的，黏膜是湿的，一场苔藓般的旅程。森林与苔藓，扑面而来的，暗绿气息。

菲力在廊檐下走动，脖子上的铃铛丁零作响。遥遥传来，像是时间一类无形的东西跌在了尘埃里。原来他们已经认识这么久。

绢说："老早前就跟他说了，我不会答应去和人家见面的。他就请人把他约到家里。我怎么办？总不能轰走吧？"

仲夏躺在苇席上长长地呼吸着，不作声。空气绵延。

"他也用心计，你也要心眼，到头来就我一个傻子。"绢冷笑
起来。

可是我的处境也很难堪啊——仲夏想这样解释的。

绢似是听到了他的心语，歪过头来看了他一眼。

第二天，绢给家里打了电话，说了她和仲夏的事。没有等到那
头回复之前就挂了电话，然后又把听筒从座子上提起来搁在一边，
拒绝了所有来电。

又是一段波平如镜的日子，像是刚认识的时候一样。绢下了班
就往发廊来，桑枝不常与她说话，多是阿夏妈和她谈天。两个人坐
在天井里剥豆子，边上的塑料淘米篮子里浅浅地铺着一层青绿。阿
夏妈问："这几天的豆子好，马上抓一把给你，你自己没事也可以
炒炒菜。"

"不用了，上次的青菜还没吃完，都要烂了。"

"你趁早吃啊，不欢喜吃啊？苏城的人爱吃个什么？"

"差不多啊，一个菜系的，家常菜的式样都差不多。"绢虽勤来，
却也没什么精神，说话蔫蔫的。阿夏妈做长辈的知道她的心思，还
是忧心与家里的关系，但凡是明事理的姑娘，总不会和父母之间闹
得太不愉快。到了天擦黑，仲夏洗了手来吃饭，吃了饭，送绢回家。
数着路过的灯，说着清闲的话。这种日子一直持续到学校辞退了她。

绢在房间里大喊大叫："一定是他安排的，除了他没有别人了。"

仲夏问她学校的主任是怎么说的。绢说记不清了，他说要辞掉
她之后，其他的话她都听不进去了。她和同事之间相处和睦，在学
生群里也是有口皆碑，怎么会无缘无故地辞她。所有的理由只可能

是临时编撰出来的。

"世上就有这样的家长，什么都要管的。"仲夏走到窗边说。

他看着窗外，背对着绢，只觉房里好久没有声音。半晌，绢说："世上也有那样的家长，什么都不管的。"

像是她以他为靶心，射了一箭。

他浑身都在冒冷气，他没想到其实她一直介意他父亲离家出走这件事。

"我不是介意，我是因为这件事没有底气。我没有底气和他们谈判。"绢说。

仲夏转身就走，绢一直追到门口，他也还是没有回头。

一直到某一天，又是一场大雨，整个世界都被淋得失去了记忆。

仲夏看到茫茫的雨帘里疾奔过来一个红点，原来是个撑着红伞的孩子。仓皇皇进了店里，递给他一个信封："我们英语老师给你的。"说完又冲进了雨幕，书包在后背上颠啊颠。

那一刻，他意识到，所有都结束了。她走了，寂寞空旷得像是上万个人走了。

他几乎是飞一样地骑上自行车到了她的宿舍，哐一声把车子丢在几米开外之远。

院子里雨水潺潺，青瓦被洗刷得发亮。花花草草葳蕤茂盛，尚是家常的样子，可门窗已然没有了烟火气。廊上有塑料绳子和透明胶布，大概是行李装箱的时候遗留下来的。不知从哪里跳来一只青蛙，跳到了屋子里，仲夏也跟了进去。

东西自然都带走了，只剩下公家原来置办的家什——橱子、柜子、床、灯，还有这部电话。红色的，带免提功能的，按一下免提，再按一、二、三、四、五按键，高高低低、错错落落的声音像是相识这一年来参差不齐的心情。

仲夏眯着被雨水淋湿的眼睛，看到近乎透明的她握着话筒和那一头的人做最后一场声嘶力竭的讨伐，到底力不从心，败下阵来。她没有劲再说过多的话，于是留给他的信封里只是寥寥数语。

他抬起头，见窗外庭院空茫。

他侧过耳朵，听到卖花声缭绕在雨水深巷。

○

黄梅时节家家雨

| 五月廿九　小雨 |

乔外婆的本名叫乔芳卿。

这没人知道。从仲夏记事起，就跟着大家称呼这个走街串巷的卖花老妪为乔外婆。阿夏妈那一辈最早是叫她乔姨。姨娘和外婆都是娘家的亲眷，非亲非故的，好像乔外婆生来就具备一种娘家人的气质。阴性的，母性的。

大家热切地称呼她，但是没人知道她的本名，也没有人知道她从哪里来。好像安静的白螺小镇上一夜之间就多出了这样一个女人，在一场雨水过后，走过大大小小的水洼，一声一声地叫卖。一开始叫醒了东方欲晓未晓的曙光，到最后哄睡了西天欲沉未沉的暮色。

谁会想到她有这样一个瑰丽的名字。瑰丽得像是一场电影。

雨还在下着，天色昏昏沉沉的。窗玻璃上，几只蜻蜓笃笃乱撞。院子里来来往往的有些人在走动，脚底下发出水声。

乔薇说："阿夏，你过来帮我稳一下凳子好吗？"

仲夏本来在看院子里的白兰花，闻声转过头去，看到她站在凳子上，踮着脚尖，在翻五斗橱上的一只老樟木箱子，灰扑扑的。

仲夏走过去帮她稳凳子。

乔薇是昨天夜里到的，跟她父亲母亲一起从邱城过来。她说乔外婆是她父亲的姑姑，也就是她的姑奶奶。

"我？我从来没见过她，这是第一次啦。"她说非常标准的普通话，穿一件粉色缀白点的圆领衬衫，袖口的衬里也是白色的，翻过来，和那些白点相映成趣，有种水蜜桃的观感。她的两只眼睛很大很明亮，藏不住心事，甚至有些到"憨"的程度。她说："我爸说他也是小时候见过她一两次，那时候她还在卢城。排场很大。都是在大饭店或者高级公寓里接待亲戚朋友。"

仲夏问她："如果邻居不打电话给你们，你们大概也不会上这里来吧。"

"也许吧，毕竟没什么来往。"乔薇耸耸肩，想了想又说，"不过，我们是必须来的，和她关系最近的亲戚也只有我们了，不然她也不会留我们的电话给邻居。"

乔薇接过仲夏递来的一杯水，含了一口，噗地吹成雾状喷洒在箱子上，说："灰太大了。"

麻烦不止这一点——锁也上了锈，钝钝地打不开。用老虎钳加锤子一起工作了半天才撬开了。乔薇说："到底是老家当，好结实啊。"

打开来，不出意料，果然都是年份足够压箱底的东西。苹果绿的软绸旗袍，印度缎的凤尾竹柄手袋，翠玉包银的镯子，法国的香水……还有那本乔薇要找的影集。

透过硫酸纸，可以绰约地看到她年轻时的脸型。是广义上的鹅蛋脸吧，几乎没有棱角，光影在肌肤上很润滑地游走着。眉骨，颧骨，人中，唇角，没有一处是锋利的，都带着打磨过的弧度。也或者是那个年代的照相技术不够先进，加之年深日久，看起来朦胧而温润。总之和他印象里瘦骨嶙峋的乔外婆判若两人。

拍照片的那一年，她二十六岁，继大热的《巫山云水》后，她主演的《梅雨时节》再度红透了卢城的半边天。

这是临时搭建起来的一个场景，因为昨天和前一个用场地的剧组好像发生了一点不愉快，对方找了人来砸场子。芳卿托人打听了一下，那部戏里有傅芸香。顾念昔日提携的旧情，她同何导演商量，只找来了警署的人说教了几句，大事化小，小事化了。众人赞她大气，芳卿笑了笑说："做戏给燕榆看的。"说着同补妆的汪燕榆招招手，唤她过来，说道："你以后成名了，我要像她这样气得来砸场子，你也得给我个台阶下。"

燕榆扮演的是小丫鬟，听了咯咯笑。她穿着蓝印花布的衣裳，辫子不够长，找了条假的，中间用红绳续上。"真要有那一天你肯定一部戏也没得演了。"

众人正大跌眼镜，芳卿也被这话惊到了，燕榆却走到椅背后弯腰搂着她的脖子，说："我挣钱孝顺阿乔姐啊，还用你这么辛苦演戏的么？”

"开麦啦"的声音响起，走片的机械声便也滔滔不绝地在片场里行进了，像是暗处的伴奏，是人生的伴奏，是时光的声音，冗长而寂寞的。

灯下，芳卿演的是一个等丈夫回来的少妇，坐在沙发里用调羹慢慢地和着杯盏中的宵夜。内室电话铃响了，燕榆把手在灰布围裙上来回擦了几下往里面去。

"喂，陈公馆……什么，听不太清楚，您能再说一遍吗？先生……哦，哦，好，知道了。"

燕榆慢吞吞地走了出来。

芳卿悠悠地丢下手里的东西，抢先一步说："上头来了人，他要陪宴，得晚些回来。如果夜深了就不回来了，直接去局里。"

"太太。"燕榆的声音苦唧唧的。

芳卿笑了笑，细细的眉却蹙成了一个哀伤的"八"字。"你的耳朵真灵，'歌天下'的音乐那么吵你还听得见。"

"太太！"燕榆扬高了声音，是苦心的劝慰。

"我没什么。我很累了，把这里收拾一下吧，我去睡了。"芳卿缓缓站了起来，扯了扯流苏披肩，缓缓地搭着扶手上了楼去。

燕榆看着她一层一层地走上去，直到看不见为止，才开始低头收拾。

灯暗了下来。

"停。"何导演喊了一声。

大家鼓起掌来。

芳卿笑着从楼梯上走下来。何导演说："要颁发一个奖给你。"

芳卿问是什么。何导演说："最节约成本奖。"

大家哄堂大笑。何导演对燕榆说："刚才好几次不在状态吧？不是阿乔带你入戏我们就要重来了。给你颁个最浪费成本奖。"

"我在想之前阿乔姐说的话啊，哪天我红了是个什么情形。"燕榆走过来，仰天长叹一口气，"现在不用想啦，有阿乔姐在，我一辈子都红不了。"

芳卿微笑说："怎么听起来我觉得要被你暗杀似的。"

说笑间，外面来了一个人到芳卿身边耳语了几句："裴先生在休息室等您。"

裴先生的车子新换了德国货，司机也跟着换成德国大鼻子，所以近来每每上了车，芳卿总有种即将驶往异乡的感觉。

"今天拍得快啊。"裴先生去年夏天过了五十岁生日，声音倒还是年轻气的。

"戏不多，就我跟燕榆两个人的戏。"天色暗沉，看样子会有一场雨。电车丁零零，像是提醒着人们早点回去收衣服。

"他忙什么？"

"结婚啊。他太太家的人都从北边过来了，他要去安顿他们。"

"请你了吗？"裴先生问。

"他没有请圈子里的朋友。导演都没请。"她从包里取出小镜子和手帕，把嘴唇上的口红擦了。"明天要去跟化妆的师傅提建议，这个口红密度太高了，涂在嘴唇上很厚，都透不过气来。而且很黏，抿抿嘴唇都要粘在一起了。"

"那好啊，我吻你一下我们就永远粘在一起了。"裴先生转过头来在她的鬓发上深深地嗅了一下。

她朝司机努努嘴。裴先生说："他听不懂的。"

德国司机听见了，附和道："哦哦，我听不懂的。"

一阵酥麻的笑。

　

蒋渭川把女方的亲眷们安排在了未央路的兴茂饭店。为的是离片场近，招呼过他们能及时赶回去补戏。回来时，燕榆第一个看到他，拿出戏里的声口，响亮地说："先生，您终于回来了，太太都要等成老太太了。"

渭川笑了，食指抖落着："不该叫燕榆，要叫揶揄。"

芳卿来了，渭川的笑收了起来。像是把衣服折叠好收到柜子里。

　

"我并没有追着你问些什么。我只是觉得你父亲身体不好，你姐姐又去了美国，我们应该买点礼品去看看他。"芳卿扮演的那女人在灯下来回地搓着手。

"这些事我不在家你一样可以做啊。"渭川擦着了火柴点上烟斗。

"可是他们应该很想你。"

"我有我的工作。"渐渐有了激烈的趋势。

"可老人……"她仍试图说服他。

"好了……好了……一回来就要听你的说教。我根本不用去看我的爸妈，因为我娶的不是老婆，是另一个妈。"渭川颓唐地在沙发里卧了下去，白西服软松松地包着他，像是吐尽春丝的一尾桑蚕，疲倦得很。

"你该保重自己的身体。"芳卿把茶几上的一杯水往他跟前略移了移。

"你这话什么意思？"

摄像的师傅靠近了些，专拍渭川的眼睛，它在他一动不动的身体中灵活地扫视过来，瞪着芳卿。

"没有什么意思。"芳卿转过身去，看着窗外的雨天出神。

导演来了，想了想说："马马虎虎啊。这一场就先这样。下面的戏，渭川，你要再狠一点。你被'歌天下'的舞女迷得团团转啊，你早就忘了家里的妻子，你现在已经一点也不爱她了，你看到她就觉得烦，所以口气要再夸张一点，不必怜香惜玉的。"

黄包车一前一后地在兴茂门口停下了。

渭川下了车，走到她这里，流露出明显还在"演"的笑容，说："要不赏光上去坐一下？他们好多人喜欢看你的戏，见到真人一定很兴奋。"

她笑了笑，佯佯说道："真人难看，好印象留在银幕上吧。"说着示意车夫前行。

裴先生已经洗完了澡，透过门缝她能看到他走动时飘飘招招的藏蓝色睡袍衣摆。

她身材颀长，蜷在浴缸里，有些像困兽，或者囚鸟。困兽向往苍茫山野，囚鸟憧憬厚地高天，只是桎梏纵然逼仄，好在食水准点，果腹无忧。

矛盾，总是有相似之处的。

裴先生此前很生气，因为他太太带着她哥哥一起到他银行大闹了一场要撤股，为求息事宁人，只好又分了一部分给她。真要提现的话，银行压根就不用再做了。

芳卿说："卢城近来也不知怎么了，要达到目的好像就必须要闹事似的。"

裴先生知道她是说傅芸香的事。傅芸香砸她的场子，自然不只是为了她抢了她在何导演手里的戏。更为着裴先生这里的"戏"也被她抢了。江山代有美人出，各领风骚不要说百年，能有十年就不得了了。她私下托人传话给傅芸香，让她看开点。

裴先生在阳台上自言自语："女人都他妈的不是个东西。"

芳卿听见了："说谁呢？"

他一惊，又缓过脸来哄她："当然不是说你啦。"

"不是什么？"芳卿倚在他怀里噘着嘴，说，"不是不是个东西。那就是个东西咯？我是什么东西？"

她不用问他，她心里有答案。她确实是个东西，也仅仅是个东西，俗称玩物。

渭川婚礼前两天的晚上，他们在片场赶戏到凌晨。

渭川分饰两角，褪下西装革履，换上蓝布长衫，戴上玳瑁眼镜，成了曾经在女子学校追求她的国文老师。

"你不该让自己这么痛苦。"渭川说。

"也许吧。"

"我很早前就同你说过，你们不是一类人，在一起不会幸福的。"

"过去的事，还有什么好说的呢。你今天就要回去了吗？外面还下着雨。"芳卿推开窗子，伸手碰了碰屋外的雨水。

"是啊，她已经在我们当地的医院待产了，我必须赶回去。"

"我送送你。"

燕榆从厨房一溜小跑出来了："太太，先生大概就要回来了，还是我去送吧。"

芳卿像是想起了什么似的，说："对啊，他说过，今晚要回来吃饭的。"

渭川与她道别，燕榆撑开了伞，两人出了门去。芳卿怔怔地望着窗外，心触往事，又落下了两行泪水。接踵而至的等待再度起航。

拍完出来已经是凌晨。因为未央路的灯火很明亮，所以夜也显得漆黑。

渭川没有看到等候她的洋人司机，便问："裴先生没有来接你吗？"

她事先跟他说了的，要赶戏，拍完后直接回家休息。渭川说："要不，我们去澄坊吃宵夜。"她想了想，点点头。她不觉得在裴先生心目中她连支配一场宵夜的权利都没有。

渭川吃的是鸡丝粉皮汤，她点了一碗赤豆元宵。澄坊屋檐下的红灯辉映着他们的侧脸。她忽然想起前年拍《巫山云水》的时候，暑气逼人的夏夜，他们几乎每晚都会来这里报到。吃面，顺便在楼下买冰棍来消暑。

那时候没什么人知道他们，对于这个光影纷繁的圈子来说。他们是新得不能再新的新人。每天除了梳理好镜头前的情绪，没有什么事情需要动脑筋去想，也就是渭川要想想房子的事。他们寄居在他表姐家的时间太长了，自己都觉得说不过去。他在想着法儿地筹房子的钱。

　　芳卿说可以回邱城，找她哥哥借一些钱，被渭川拦住了。她哥哥本来就看不惯她跟着他在片场里跑龙套混日子，很不赞同他们的事，若是这样，更要有一车的话说了。

　　没人想到那一年她凭着一个卖菜少女的角色崭露头角，迅速拔地而起。

　　芳卿低头舀着碗里的元宵。

　　"我们不去，份子还是要出的呀。老何也这么说。"

　　渭川看她半天下来只是在不停地舀来舀去，问是不是不好吃。芳卿说有点烫，凉一凉再吃。渭川说："不吃喜糖不喝喜酒还出份子，天下哪有你们这么好的人。老何要是真这么好，让他涨片酬啊。"

　　芳卿笑了笑，不再说话。

　　吃了东西散步消食，走着走着就到了她家楼下。空气里浮动着雨水过后的草木香气，湿而阴沉。有黑色的，羽翼像缎子一样的鸟在水洼的月亮心里啄食着什么。或许是蚯蚓。

　　"上去喝杯茶？有新的碧螺春。"

　　"不了。她估计还在等我，要早点回去休息，明天一大早还要再去盘一下酒水香烟。"

　　她知道自己也只能是客套地问问而已。他如此拘礼。

　　"哦。天这么晚了，没有黄包车了，你要再走好一截路呢。"

　　"我从公园那边的小路穿过去。"

　　"那你小心。我上去了。"

　　推开卧室的门，她看到了藤椅上的手电筒，突然就拿了往楼下跑，想给他用。

月亮底下干干净净的，什么也没有。

回到房里，因为极度的疲倦终于昏沉睡去，可又心烦多梦。梦里头，在一个水绿色的早上，渭川坐在床头对着初醒的她说："我们大概是两个世界的人了吧。"

"瞎说什么。你早晚也会有出头的一天，这要有合适的机会。"她伸过手来捉他的手。

他的手腕像玉，像肥皂一样滑下去。

她一下子坐起来。

因为没有拉窗帘，空荡的房间里逐渐有了幽微的晓色。像是片场的光，在黑暗中一点一点亮起来，照亮了戏，照亮了人，照亮了山川大地烟火红尘。

渭川结婚的这天，芳卿在裴先生这里。上楼时，迎面碰上了何导演，脸色不太好看。拉到一旁细问才知道吃了裴先生的枪子。

"渭川忙完了这一阵子马上回来补几个镜头，戏就快结了，我要来拿钱的呀。"何导演右手握拳盯着左手手心。

"最近局面乱，行里吃紧，他家里又出了些问题，于公于私都不便利，难免心情不好。回头我劝一劝。"芳卿说。

"那样最好不过了。"

裴先生正在训斥一个员工，拾起一摞信纸往他脸上砸："你怎么转圜？那么大的卢城，那么大的金融圈子，是你能转圜的？收起你这些狗屁的报告，不要再浪费纸了。要真写点东西，也是写辞职报告。滚出去。"

职员出去后，芳卿袅袅婷婷地走到他椅背后给他揉太阳穴："看样子，我再泡一百杯莲子茶也浇不灭你的心火。至于嘛！身子要紧。"

"我的阿乔啊，真想留下这烂摊子学西施范蠡带你五湖隐居去。"

"你舍得？我还不舍得！"她麻利地在他的双肩上敲打起来。

"不是舍得不舍得，是蹚了浑水就别想洗干净这双脚了。"裴先生移开眼镜，捏了捏鼻梁，长长地呼了一口气。

"这话不对。"

"怎么？"

"屈原的《渔夫》里说了——沧浪之水清兮，可以濯吾缨；沧浪之水浊兮，可以濯吾足。可见浑水正好可以拿来洗脚。"

"哈哈哈……你呀……"

和裴先生吃了晚饭，德国司机送她回家。途经福光大酒店的时候，她瞧见门外聚集着一些酒后相送的宾客，便吩咐司机停车。

"你回去吧。"

"裴先生说了，让我把小姐送回家。"

她压根不愿听这洋人抑扬顿挫的声腔，兀自往里面去了。

杯盘狼藉，灯火阑珊，她又戴着墨镜，像是进了洗胶片的暗房。渭川蓦地在她身后拍了她一下，倒吓了她一大跳。

"怎么这会来了？"他最起码有一斤酒下了肚。

"正餐不请我吃，我就来蹭点残羹剩饭啊。"

"这儿没什么人啊，还怕被认出来？摘了吧。"渭川说着来摘她的眼镜。带着烟草气味的温热手指像是春日的柳枝一样搔过她的颧骨。可芳卿又知道，没有酒水壮胆，他也做不出这种事。

他说："芳卿。"

"唉，怎么？"她把墨镜收到包里去。

"没有什么，叫叫你。"他笑起来，因为酒力，眼泡红红的，像是刚刚浴血奋战过的士兵。也确实是一场战斗，人生最重要的一场战斗，他打完了，天下太平了。

"好想……"他的话还没说完，后面有人叫他："蒋渭川！姨娘要回北边去了，你来下呀。"是他的爱人，探出头来，瞧见了他们，便也过来了。

"乔小姐。"他指给他爱人认识。

"乔小姐这么红不用介绍的。你倒是介绍我啊。算了，你醉醺醺的，还是我自己介绍好了。"崔小萍说她以前是老师，现在辞了职，打算做居家太太。她伸出法兰绒手套包着的手，芳卿不礼貌地迟疑了片刻，握了握。

某一瞬，渭川像是醒了酒，说："走吧，我们去送送姨娘。"芳卿同他默契地同时点了个头，就转过身来，背道行去。

再度相见已是半月之后。在片场，拍最后的部分。

起初来来回回的都是人——有人在喊管服装的人，说衣裳没有熨好。有人在一面背词一面扑打强光灯之下飞来飞去的蛾子。有人正拖着机器过来，吭里吭啷，像是货郎。有人在梯子上拉遮光帷幕，铁环在钢丝上哗哗啦啦的，像下了一阵雨。

但是她开腔的时候，声音全部蒸发了。这是他们的电影，这电影只需要他们两个就够了。

"我不懂你在说什么。"渭川的声音从强势变成了一种圆滑的低下。

"我说了,我要离开你。"她从沙发上坐起来。

"你去哪?你别忘了,我们是有正经的结婚手续的。"

"我已经根本就不在乎这个世界了,难道还会在乎这个世界的法则吗?"她甩过头来直视着他,发髻都松散了,显出一股从未有过的决绝。

"好,你走啊。我告诉你,没有我,你连买一张船票的钱都拿不出来。你走吧。"他夺门而去。

窗外雨势渐大。燕榆从厨房里慢吞吞地走出来:"太太。"

她未答。

"您该顺着……"

燕榆未说完就被她打断,看着昏暗幽微的天色喃喃自语:"难道永远都是黄梅天了吗?"

灯暗了,满堂喝彩。都说她的表演已经到了炉火纯青出神入化的地步。

她没有人戏不分,她知道自己在演谁。她想渭川也知道。关机晚宴渭川没有参加,众人笑嘻嘻说他是回去陪爱人。芳卿没作声,渭川朝她笑了笑,走了。

喝完酒出饭店已经将近十一点,洋人司机等在门口。今晚是要去裴先生那里的,她在车外张望了一下,迷迷糊糊地问司机:"他人呢?"

"裴先生说送你回公寓。他今天临时有事。"

她用脚踹车子:"他有什么事?我有事的时候他不一样叫我过

去？有什么事，你说啊，有什么事？"

"乔小姐。"司机赶紧下车来劝她。

"带我过去。"

她看到门与地面的一线缝隙里跳跃着火光，是裴先生在房间里燃一个火盆烧东西。窗帘拉得严严实实，比窗外的夏夜还要燥热。她捡起地上的一张，看了两眼，惊叫："老裴！"

裴先生做了个噤声的手势。

她曲着膝盖走到他身边，像是随时会有暗中的一枚子弹击毙她。她想她还是怕死的。

他们在火光中对视良久，她疑惑着喃喃自语："怎么是我在拍戏呢，应该换你去啊，你藏得这么深，演得这么好。"

裴先生无奈地笑了笑："当然，演戏要资历的，我比你多活了二十多年呐。"

"下面要怎么办？局势这样乱。"

"大概会去新加坡一阵子吧。"

她的眼泪瞬间涌了上来，裴先生用衣袖帮她擦了擦："还会回来的嘛。生离就这样凄惨了，死别还得了？"

她打落他的手："瞎嚼什么！"

"没有瞎说啊，即便躲过这一劫，终究还是会有老死的一天。你这么年轻，没理由我不走在你前面，你不要来送终的么？"

她暴躁地站起来走了几圈。不知道话题怎么就沉重至此。那一晚，裴先生倒是睡得很好，她在他的臂弯里一宿未眠。

在百货公司遇见渭川夫妇时，他爱人已经显怀了。芳卿当即在附近的银楼买了一对银镯送给他们做贺礼。渭川说："北边不太平，她家好多亲戚都到南方来避难了。非常时刻，满月宴没法大操大办，不过等到发红蛋的时候你再破费也不迟啊。"

她笑了笑，不知能否等到那个时候。

果真，未出半月，一天黄昏，就有人上门来了。她知道出了事，请他进来坐。来人掏出一张船票压在灯台下。

"裴先生刚刚被带走了。我们是按他之前交代的做事。车子目标太大，没有办法开过来。天擦黑的时候会有一个右手上戴一串木佛珠的黄包车夫在楼下等，你上车，他拖你到一个茶楼的后巷，那里有自己人的车，直接送你去码头。目的地是河婴。到了那边自然有人接应，带你去到下边的一个镇上，到了那儿基本就安全了。"

她什么都没记住，忍到他说完，终于气喘吁吁地开口发问："他还活着？"

"他现在还活着。"

"我没有机会再见他了？"

"一定没有了。"来人起身整整衣冠，压低帽檐，说，"还有事，我先走了。"

走到门口时，她叫住他："我还能出门吗？在走之前。"

"去哪？"

"跟一个很重要的朋友道别。"

"如果不是特别重要的话最好免了。"

街上人声鼎沸的，像是什么盛大的节日。为着这盛大，总有谢幕前的压轴之感，可也究竟是为着谢幕来的。历代王朝衰败倾颓之前都有昙花一现的治世。

前面有士兵在封锁盘查，她转身抄近路从公园离开，总觉得身后有人跟踪，不停地走进巷子里，绕了半天差点让自己迷路，最后敲门时已经精疲力竭。

"乔小姐？"渭川太太显然觉得她是稀客，往里屋喊，"蒋渭川，乔小姐来了。"

进了屋，她开门见山："有几句话想单独跟他说，方便吗？"

渭川洗菜的手湿湿答答地悬在半空，他太太以手抚腹，目光微有戒备。

"只是寥寥几句，说完我就告辞了。"

在暮色四合的阳台上，芳卿整了整鬓角，它们被风吹毛了。渭川看出了事态的严重性，不发一言，等待她开口。

"我可能要走了。"加一个"可能"好像可以使得句子听起来更加委婉一些。

"去哪？"

"小地方。"

"为什么？"

"你知道的，还能为什么呢。"

"是……裴先生吗？"

"你知道？"

"不，瞎猜的。"

"大概，大概就是你想的那样吧。"

一阵寂静。突然，前面弄堂里的鸽子呼呼啦啦地飞了过来，在血色的云层里飞，翅膀的劲道能把云朵扇落下来。

"还能再见面？"

"那真得看天了。"芳卿笑了笑，看看天，说，"时间不早了，我得走了。"

"你怎么来的？"

"步行。"

"我送你。"

远远地听到喊口号的声音，是司空见惯的学生游行。芳卿把围巾又往脸上扯了扯，渭川搂着她往僻静处走。不敢走得太急，怕被人瞧出来，只好放慢了步态，甚至聊着天。有时候还佯装笑一笑，拿出演员的本事。可是，在这酝酿已久又突如其来的乱世之中，到底是本色地"活"还是染色地"演"，他们自己也已经搞不清楚了。

终于到了她家楼下。渭川明显生出留恋之意，可碍于街上来来往往的人，又不敢逗留太久，勉强说："我先走了，到了那里方便的话来个信。方便的话。"

她一刹那间想了太多东西，想是不是有人一直盯着她，想放长线钓大鱼，看她和什么人交往，那么他单独回去会安全吗？半路上会不会就被抓住？然后她也被抓起来了，关在不同的地方拷问。那么还不如一起被抓住。

"我送你回去吧。"她说。

"什么？别瞎想了。"

她感觉到有行人在斜视他们，实在不好再拖延时，她说："那你回去吧，路上小心。"

渭川点点头，头也不回地走了，却又像是一步一回头。

她的话终究还是没说出口——你说，要是有个机会重新再来，一切是什么样子呢？

带着这句吞咽下去的疑问，她告别了她的卢城，告别了她三分之一的戏剧人生。

"啊，就是这张吧。她说的也许就是这张啊。你看，这有小字写的嘛——'梅雨时节'。"乔薇从仲夏手中夺过影集。"啊，真美。爸爸说这是她拍的最后一部电影，这也是影集的最后一张，一定就是它了。"

乔薇母亲听到了女儿的声音过来这边张望："怎么，找到了？"

"哝。"乔薇指给她看。

"就是这张了。"乔薇母亲拂了拂上面的缁尘，说，"真美。可惜她自己当年都没看过这部电影。"

"为什么呢？"仲夏问。

"兵连祸结，安身立命都成了奢侈，哪里顾得上它。不过这片子当年又很红。卢城就是这么奇怪——哪怕家门口落下颗原子弹，也照样能在里屋收拾出屁股大块地方吃喝享乐。"

欢愉是挡不住的，有灾难才有福地。上映的那天恰逢渭川女儿周岁，他们两口子给她戴上芳卿买的那副银镯去看了电影。孩子待不住，只是哭。他跟着也哭了，眼泪怎么也止不住。亏得影院里黑漆漆的，不然真要招人笑话。

她安居在这小镇一隅，隔世如隔山，未有机会看到它上映，却又机缘巧合在电影公映半年前听到了裴先生的死讯，其实距离他的死期已有半年之久。因为消息如剥洋葱一样一层层地翻转到白螺镇上很费了些时日。当初在河婴码头上接引她的人通知她时，她眼前一霎时蒙了一块毛玻璃，被洋葱辣到了一样。

裴先生那时说："你这么年轻，没理由我不走在你前面。"

可是他未免走得太急。她现在去找他，阴间的生死簿上怕是早已写他还阳，去历经新的轮回，连在奈何桥上相见的机会都没有了。

他又说："生离就这样凄惨了，死别还得了？"

原来这世间最痛苦的死别不是死前的离别，而是别离后各自老死。

"阿夏，你怕不怕？"

"还好。她生前待人好，不怕的。"仲夏用篦子沾了些桂花油，帮她把额前的头发做成当年烫成波浪的式样，后面梳好的发髻会被睡姿压扁，就取来一个苇编的方块枕头垫着，别进一些细密的黑色发卡固定。

乔薇一边看照片一边看她的发式，比对过后说："很像。阿夏你手艺真好。"

仲夏其实很想让乔薇轻声点。因为乔外婆静静地躺着，就像是睡着了一样，外界动静太大，恐怕会打扰到她。

她的历史对于他来说遥远而模糊，像是江心里的一缕白雾。可这并不妨碍他欣赏它，为它的美感所折服。

庭院里，老太太种的白兰花已经开得很大了。往些年，一般花苞长到小指粗细她就会上街叫卖了的。今年他们原有约期，未想，尚未出梅，就再听不见她脚踝上的铃声。

雨水把院落洗刷成了象牙白色，这白色中淡淡沁出一点缥碧，是一颗微苦的心。原先是极苦的，是她爱喝的莲子味，浸泡在岁月里的时间久了，拔掉了最苦的部分，留下的是消磨不掉的惘然与哀愁，也是她这样的女人天性里便有的。

仲夏恍惚看到她在多年前的片场里演《梅雨时节》的场景。暗沉的内室，花露水的香气罩染在蔷薇花样的壁纸上，那壁纸的边沿在这黄梅天里打着卷儿，像是蕉叶，卷的是愁心。

她穿着旗袍半卧在沙发里，等着那个因为和曾经爱慕的老师长得有些相像她便以身相许的男人。但她知道，这只是她为自己粉饰的借口。为着这个借口，她日复一日地矛盾，也日复一日地沉沦。

这部电影，她自己没能看见。不过她临终的遗书上，用很清楚的笔迹写下了死后唯一的要求——入殓时帮她把发式梳成当时的样子。

落款是数天前，距《梅雨时节》公映恰好六十年。

○

尾声

| 七月廿三　处暑　多云 |

　　过了立秋，夏天并没有彻底过去。秋老虎来来回回又折腾了半月有余。

　　处暑这一日，天上浮着云丝，在瓦蓝的天上像是淡淡白漆，寥寥刷了几笔。纵然最后的一部分余热还是夏天的，可这高天毕竟已是秋天的高天了。

　　处暑前一夜，数年未有音讯的姨娘凤琴出现在了家里。也不知她是从哪里获悉桑枝即将订婚的消息。

　　外面有微弱的蝉鸣，阿夏妈刚刚才擦了爽身粉睡下，这会苇席上还有些白影影的粉痕。

　　"从哪儿来的？也不给个电话。"阿夏妈问凤琴。这话刚才仲夏给她开门时便想问了的。

"鹿城。碰见家里头的熟人，跟我说你姑娘马上要结婚了还不家去。"

桑枝暗处的脸微微颤了一下。

"这几年都在那儿啊？"

"嗯呐。"

"做什么生意？"

"保险。"

"好像挺赚钱的，这行。"仲夏摇着蒲扇说。

"辛苦钱。一条到晚，脚也磨穿了，嘴也说干了。"说到了钱，凤琴说，"你们两个外去乘乘凉去，去。"

在露台上，有一只将死的萤火虫落在了仲夏的扇子上。

桑枝顺着芭蕉扇的褶皱凹槽把它轻轻拨到自己的手心，仔细看了看。光闪耀的频率越来越低了。

"你怎么不跟她说话？"仲夏问。

"有什么好说的呢？"其实她想说，她母亲来来去去那么自由，她和她母亲之间说与不说最起码也该是自由的吧。

"别这样。"

桑枝不说话了，从口袋里掏出桃木梳子把湿漉漉的头发又梳了梳。

"印小林给你买的戒指你怎么不戴？"

"不想戴。"

"不喜欢啊？"

"我这个岁数哪有戴黄金的。他又没什么钱，买只银的就是咯。"

"在乎你呀。明天吃饭要戴哦，不然他不高兴的。"

桑枝不置可否。两个人抬起头，头顶触手可及的月亮那样皎洁。他们在月下分别想念着人，有的近在咫尺，有的远在天涯，却是一样的心绪。

凤琴兑了点微热的水洗了个澡，并排和阿夏妈睡下了。老姊妹两个已经很多年没有一床睡过。电风扇嗡嗡摇转，凉风把她们吹送到了并肩睡在苇席上的童年。

"你小时候就这样，喜欢吃现成饭。"刚才把桑枝仲夏叫出去之后，凤琴拿了红浆纸包的一沓钱给阿夏妈，意思桑枝在这里的这些年，她辛苦了。阿夏妈和她姊妹，也免了假意退让的程序，收了下来，且说她拣现成饭吃——姑娘要嫁人了，从天而降喝喜酒。

"人要是老长那么大就好了。哪有这些些糟心的事。"凤琴说。

"你还糟心？"

凤琴是说那个领着她出去卖保险的那个男人，他们好了一阵子，他却和旁人生了个孩子结婚了。"那个几年真的是靠他，不然哪里能攒出这些些钱。所以没人靠了，心里空落落的。"说得像是感情很深似的。

"桑田还是一个人，现在下海做香精生意。"

"那又怎么样呢？我还是我，他也还是他，要是真能再过，当时也不会离的。"凤琴换了一只手臂枕着，拦住了这个话题，"哎呀，多少年了呀，不提了。"

"桑枝那个男孩子妈妈不在了，爸爸也是一个人过。"阿夏妈略带些勾挑的语气说。像是一根逗弄蟋蟀说话的草须子。

"你想得出来呢？"凤琴禁不住笑了。

"有什么不能的？"

静默了一阵子，凤琴转过脸来看着阿夏妈。阿夏妈近距离地看到了她眼角一重叠着一重的皱纹，这才意识到，真的有很多年过去了。她姐姐老了，她也一定是跟着老去了的。

"凤珠。"

"嗯？"阿夏妈迷迷糊糊地，倒像是要睡着了。

"我在外面听到了一点消息，关于长生的。"

阿夏妈未作声，实际是不打岔，让她说下去。

"那个女的好像之后没有再跟着他了，说是日子太苦，熬不下去，嫁了个老板。长生除了剪头又没有旁的手艺，女人顾念旧情，把他搞到她男人的厂里做事。后来免不了还是有些滴滴答答的来往，被发现了，打残了腿。现在说还是在外头开个小理发店。"

阿夏妈的脸色沉沉的，像是雨前的天气。

凤琴伸手来拂了拂她额前的头发，说："这些乱七八糟的话，都是道听途说的，不见得是真的。也许过得不差。"

"不知道这会他身边有没有个人。"阿夏妈说。

凤琴不明白她的意思。如果没有，难道她还能再接纳他吗？

阿夏妈转了个身朝里。凤琴怕她偷偷流眼泪，又把她扳过来，面对面说笑了好一阵子，到了夜里十一二点，才睡了。

可她怎么能睡着呢。

到两三点的时候，轻手轻脚地起来，端了个凳子在外走廊上乘凉。隔壁旅馆院子里的葡萄藤高高地冒了上来。七夕的时候，旅馆里的两个年轻女房客还在葡萄架底下乞巧呢。多少年都不兴了的习俗，到今天还有人记得，真是用心良苦。

像是她，一直用心，便还是记得他。再说贱些，是牵挂他。

她想不出有什么理由——他在外面的日子过得那么艰难还不回来。他们娘儿俩就讨嫌至此么。到了这份上，太没有意思了。

朦胧中，她听见仲夏叫了她一声，以为是幻觉，回过头，却见他果真拉开门出来了。

"怎么不睡？睡不着啊？"仲夏从她手里拿过扇子，在她身后摇着。

"你姨娘在外头听到的，你爸爸过得不好。"或者是觉得没有必要瞒他，或者是说出来多一个人分担心里会舒服点。

"怎么不回来？"

"我问谁？"阿夏妈一扭头，见月亮都已沉到西边。

仲夏不作声了。他不及他母亲宽怀，偌大一颗心，盛的都是慈悲。也许也有过恨，只是爱更多，就溶蚀了"恨"，或者改造了"恨"。他却感觉到恨是犹在的。某些时候，宽恕是很艰难的。就像明明看到了窃贼盗物却要装作视若无睹，他做不到。他的爱和恨都是原则下的爱和恨，他对他父亲的衡量，是一个男人对另一个男人的。

"去我房里睡一会吧，明天还要去印家吃饭的。"仲夏劝她。

"唉。"阿夏妈掸了掸腿上的蚊子，进去了。

　　早晨起来，凤琴问怎么睡到半夜跑掉了。阿夏妈挑了一件枣红底印乳黄碎花图案的衬衫穿上，假意说："你打呼噜那么响，要人命咯喂。"

　　桑枝这天穿的是牵牛蓝的半袖裙子，上面有白色的莲花图案。阿夏妈和凤琴一致说太素净了。仲夏打圆场，说随她去了。可到了印家，印奶奶也说素净了些。没有说她，却指着印小林说："也不给你媳妇弄身喜庆衣裳穿。"

　　两位媒人请的是晏伯母和艳丹，早早就到了，和印奶奶在廊下乘凉说话。不过一会，宋家老太也来了，盘着头发，佩戴珍珠首饰，没有太阳的天也打着伞，说："都到了啊。"本来是请她做媒的，她却要等结婚的时候做证婚人。

　　印小林父亲印道仁厨艺一向不错，欢欢喜喜弄了一桌子菜，说锅上还有，被宋家老太拦下了："别弄那么多，夏天菜摆不住，回头都坏了。今个好日子，你坐下来吃就对了。"

　　印道仁老实，笑了笑便坐了下来。

　　宋家老太斜视了一眼凤琴说："你要敬你妹妹一杯哦，她代你吃了多少苦哦。"

　　阿夏妈说："宋老太，今天不说这些话了。"

　　晏伯母带打岔带提议地说："你们两个一起敬宋老太是真的。我跟艳丹就是走走过场罢了，主要还是宋老太的功劳。"

　　艳丹笑着点点头。

　　印道仁也举起杯子，说："那我敬凤珠姊妹。"

仲夏看着他们热热闹闹地说话，心里也高兴，只是这高兴之中始终掺杂着一点落寞，而且就这么一点，混在里面也清晰可知。像是一口米饭里的一粒沙。他问印奶奶有没有饭，说有，他就盛了一碗，说："有人约了吃过中饭来剪头，我吃一口就回去了。"

"再吃一些再走吧。"大家说。

仲夏刨了两口，朝大家点点头就要离席。

宋家老太说："你妹妹好事近了，你也要抓紧哦。"仲夏笑着出了门。

阿夏妈在身后喊："烧一壶水，马上我们回来打牌。"

"哦，知道了。"

骑着车子回去的路上，眼泪忽然下来了。清秋的微风是蓝色的，迎面吹来，把眼泪吹凉了。他不知道为什么。伸手揩去。

途经乔外婆的老屋子，看见有人在往外面抬家具。"一、二、三……一、二、三……"整齐地喊着。大衣橱的镜子摇摇晃晃地，照得东西变形。她"六七"已过，这些东西也该搬走了。

到了家，卷扇门呼呼啦啦往上一推，眼前是他最熟悉的天地，因为从小生长于此——破了皮的升降椅用黄色的胶布贴住了破裂的地方。大镜子是很多年以前一个厂商送给土地所的，边上还有"赠"的字样，所里没用，长生便托人要了来挂着。镜子下面的长柜台上陈列着各色的剪子、梳子、刷子，瓶瓶罐罐，像是课间的操场上，孩子们纷乱地站着。面盆架子上搁着杜鹃花纹样的搪瓷盆，垂着洗白拧干的毛巾。

关于父亲的印记在他脑海中几乎要泯灭了，像是烟火最后的一簸，放完了，就没有了，天便是黑的。他就只有在这些器具上收集一些他残留的印记。像是烟火燃尽后，在生冷的空气中嗅一嗅硫磺的余味。

他们从来都是耐心地等待他归来的。不是他骗自己就骗得了的。他对他的恨也是源于这种等待。若不再等待，便应该对一切都是无感的。

他生了炉子烧开水，等水开的空当又搬了张凳子坐在门口刷洗梳子。绵密的泡沫把它们清理得干干净净。

日子没有什么变化，还是这样一天一天地过下去。如同麻雀照常栖落在电线上，停泊出一段不大好唱的谱子。

他有时会抬头看一眼天。

过了立秋果然天高出许多，丝绒一样的云虽在高天之下，可依旧是睥睨着大地。风里有桂花的香气，香中还有甜意，让人想起往事中的一些温柔片刻。仅仅是片刻而已，就像这梳子上五彩缤纷的泡沫，眨一眼就破了。

街上有人开始穿夹克。早吗？也不早，还有二十来天就是中秋了。

他想，这一年的夏天看来真的就要过去了。